解码

主编 刘文博

抽动－秽语综合征

全国百佳图书出版单位
中国中医药出版社
·北 京·

图书在版编目（CIP）数据

解码抽动 - 秽语综合征 / 刘文博主编 . — 北京：中
国中医药出版社，2021. 9
ISBN 978-7-5132-6929-2

Ⅰ . ①解…　Ⅱ . ①刘…　Ⅲ . ①小儿疾病—神经系统疾

病—研究　Ⅳ . ① R748.09

中国版本图书馆 CIP 数据核字（2021）第 067564 号

中国中医药出版社出版

北京经济技术开发区科创十三街 31 号院二区 8 号楼
邮政编码　100176
传真　010-64405721
山东润声印务有限公司印刷
各地新华书店经销

开本 880×1230　1/32　印张 5.75　字数 113 千字
2021 年 9 月第 1 版　2021 年 9 月第 1 次印刷
书号　ISBN 978-7-5132-6929-2

定价　29.00 元
网址　www.cptcm.com

服 务 热 线　010-64405720
购 书 热 线　010-89535836
维 权 打 假　010-64405753

微信服务号　zgzyycbs
微商城网址　https://kdt.im/LIdUGr
官 方 微 博　http://e.weibo.com/cptcm
天猫旗舰店网址　https://zgzyycbs.tmall.com

如有印装质量问题请与本社出版部联系（010-64405510）
版权专有　侵权必究

编 委 会

主　审　刘昌艺

主　编　刘文博

副主编　刘路遥　李树义

编　委（以姓氏笔画为序）

王小健　卢　军　李　捷　张子旭

林　梅　尚　蕾　呼建伟　洪　岳

序　言

中医儿科学是中医药学的重要组成部分，具有悠久的历史。早在两千多年前的春秋时期，就出现了擅医小儿疾病的扁鹊。战国末期成书的中医理论专著《黄帝内经》，奠定了中医儿科学的发展基础。两千多年来，历代无数医学家经过长期的医疗实践，积累了丰富的经验和理论知识，逐渐形成了独特的中医儿科学，对中华民族的生生不息、繁衍昌盛和儿童保健事业起到了重要作用。

中医药学有着悠久的历史，是一个伟大的宝库，而中医儿科学是其中的重要组成部分，它是研究小儿生长发育、预防保健和诊治疾病的一门学科。中医儿科学作为中医学的一部分，必然会随着整个医学的发展而发展。中医儿科学的基础和临床也都是在中医理论体系指导下发展起来的。如古代医学著作《黄帝内经》《难经》《神农本草经》《伤寒论》《金匮要略》等，对儿科的发展有着极其重要的作用。

历代医家不仅重视儿科，而且很多兼擅儿科。早在春秋时期，名闻天下的秦越人扁鹊入咸阳时，听闻秦人爱小儿，遂为小儿医，是医家兼擅儿科最早的先例。又如隋代的巢元方、唐代的孙思邈和王焘等名家著作中，有关儿科学的部分，都是从理论到临床自成体系，同时又与中医学整体的理论体系一脉相承。

到了宋代，钱乙作为中医儿科的一代宗师，成就甚高，学术造诣颇深。他在儿科辨证、治则、制方等方面，师法岐黄及仲景学说，但在应用时，结合小儿的特点又有所创新。金元时期的各家学说、明清两代发展起来的温热病学，与儿科都有关联。如河间善用寒凉、子和擅长攻下的方法，针对小儿热证多、实证多的情况，在临床治疗时确实收到较好的效果。至于东垣的脾胃学说和丹溪"阳常有余，阴常不足"的论点及其着重养阴的主张，对认识小儿生理、病理特点，及小儿保健和疾病防治，都具有极其重要的意义。而温热病学，使儿科对常见病及某些传染病的处理方法更加广阔，这也是应当重视的。如温病学家叶天士及其《幼科要略》等对儿科学方面的影响较为深远。

儿科学的特点主要表现在小儿的生理和病理上的不同，它不仅是成人的缩影，而且还有小儿一些特有的病证。因此在诊法、治疗等方面与成人都存在差异。无论是小儿的保健预防还是疾病防治，都有自身的特殊性。

总之，半个多世纪以来，中医儿科学的发展由传统经典的儿科学逐步向现代化的中医儿科学发展。按照"古为今用，洋为中用，推陈出新"的原则，需在继续发掘、整理提高儿科经典理法的前提下，敏锐地接受现代多学科新理论、新方法，最终使之融会贯通。我们认识到，中西医儿科学之间的关系，既是相互结合又是各成体系发展前行的。这些特点体现在中医儿科的文献研究、基础与临床实验、教育出版、组织机构分布等各个方面，为今后中医儿科学的发展，奠定了坚实的基础。

本书的主编刘文博，是"臣字门派"嫡传第七代传人，致力于中医儿科一些常见病及疑难病症的保健康复、调养及外治方法的探讨，并取得了一些成绩，近期尤为重视小儿抽动－秽语综合征的防治及知识普及，中西汇通，尝试撰写了本书，主要对此病的认识及辨证论治做一些经验介绍。本书分为七个部分：第一部分是抽动－秽语综合征的概述；第二部分是抽动－秽语综合征的辨别与判断；第三部分是抽动－秽语综合征的治疗；第四部分是抽动－秽语综合征的诊后护理，从外治法到饮食禁忌及食疗等方面进行详细阐述；第五部分是抽动－秽语综合征的保健按摩；第六部分是心理干预与行为训练。最后并附有部分家长求医的心路历程。为使广大家长更直观地学习保健按摩手法，书中相关章节配有教学动画，手机扫描相应二维码即可观看。

此书通过问答的形式来解读关于抽动－秽语综合征的各种问题，贴近生活，将中西医知识融会贯通，适于广大群众及患儿家长阅读，也会对医务工作者有所启迪，并认识到此病的危害性，提高辨别能力。当然，本书也存在很多不足之处，难免有错误的地方，敬请广大群众及医务工作者批评指正，并希望能对广大读者有所帮助，有所启发。

有鉴于此，特为之序。

中医"臣字门派"第六代嫡传人　刘昌艺

2021 年 1 月 6 日

目　录

第四章　　抽动 – 秽语综合征的诊后护理 / 77

第一章
抽动－秽语综合征的概述

1. 什么叫抽动－秽语综合征？

抽动－秽语综合征又称多发性抽动症，即 Gilles de la Tourette's syndrome，是以面部、四肢、躯干部肌肉不自主抽动伴喉部异常发音及污秽语言为特征的综合症候群。我国目前把其归属在"行为障碍"的范围。美国 1993 年的资料报道，美国整体人群本病的发病率为 0.07%。国内相关流行病学调查资料显示，近年有逐渐增加的趋势。据 20 世纪 80 年代中期统计，发病率为 0.03% ～ 0.05%。进入 21 世纪以来，该病发病率大幅增加，在部分区域已达 1% ～ 3%。多好发于儿童，以 2 ～ 8 岁最多见，16 岁后仍有发作。根据我们大量的临床案例观察，女孩发病比男孩早，治疗见效较男孩慢。如治疗不及时可延至成年时期，且不易治愈。发病率男性高于女性，比例约为 3 ～ 4∶1，病程长，反复发作。少数至青春期自行缓解，大部分逐渐加重，影响正常生活和学习。本病病因尚不清楚，有人认为与大脑基底神经节发育及功能障碍有关，精神因素、遗传因素、胚胎发育不良及感染等均有一定影响。

临床症状第一表现是抽动，可见头面部或躯干部或腹部以及上下肢多处出现不同程度的抽动，因而又称为"多发性抽动症"或"儿童多动综合征"。第二表现是秽语，可以听到喉部发出奇特的怪叫声，说话时个别字的音节或句子讲不清楚或说出骂人的脏话，实则是因言语时抽搐所致。

本病的症状多种多样，并不只限于抽动和秽语，尚有以下表现：

（1）运动障碍：患儿活动过多，不停地奔跑跳跃，攀爬登高，翻箱倒柜，小动作过多，手脚不肯停息，咬指甲、吮手指、咬衣角、涂课本；说话过多，表现为插嘴，做事不能持久，连看电视也不能老实待一会儿；共济失调，做精细动作不协调，快速交替动作比较困难。

（2）行为障碍：患儿冲动任性，容易激怒发脾气，在生活中不遵守约束，不守纪律，缺乏自我控制的能力，甚至不顾危险爬墙登高，追逐车辆，打架斗殴、自伤或伤人。

（3）学习障碍：患儿注意力不集中，上课时东张西望，交头接耳，出怪声，扮鬼脸，戏弄老师，撩逗同学，学习成绩时好时坏，写字计数比较粗心，常常出错。

（4）人格障碍：詈骂不避亲疏，污言秽语，甚至异常性行为。

上述症状每个患儿并不一定全部出现，但都具有轻重不等的行为障碍，甚至脑电图异常，所以本病又称"脑功能轻微障碍症"。给患儿学习和身心健康造成严重影响，也给家长带来很大的精神压力。

2. 抽动 - 秽语综合征的命名是如何演变的?

1825 年 Itard 描述了一位法国年轻贵族女人的病情,即 7 岁起患有不自主抽动,开始头部和手臂抽动,以后累及面部和肩部。当时并未命名。1885 年法国医生 George Gilles de la Tourettet 报告了 8 例相似病例,并进一步描述了疾病症状,阐述了疾病本质,所以后人便称此病为 Tourette 综合征。根据其多组肌群抽动的发病特点,又称为多发性抽动(multiple fics)或慢性多发性抽动(chronic muitiple Tic)。其抽动、发音多为爆发性突然发作,又称冲动性肌痉挛。临床上可见进行性运动障碍和精神症状,故又有人称为进行性抽搐;有部分病例在若干时间后出现秽语现象,即称为抽动 - 秽语综合征。

3. 抽动 - 秽语综合征的主要特征是什么?

抽动主要是多组肌群同时或相继的刻板抽动,特征是患儿频繁挤眼、皱眉、皱鼻子、噘嘴等,继之耸肩、摇头、扭颈、喉中不自主发出异常声音,似清嗓子或干咳声。少数患儿有控制不住的骂人、说脏话表现。症状轻重常有起伏波动的特点。感冒、精神紧张可诱发和加重,其中约半数患儿伴有多动症。日久影响记忆力,使学习落后;严重者因干扰课堂秩序而停学。

4. 什么样的儿童易患抽动 - 秽语综合征?

从年龄方面讲,儿童及少年期多发,大部分在 2 ~ 8 岁发病,90% 在 10 岁以前第 1 次发病。性别方面,男性明显多于女性。随着研究的深入，逐渐认识到早产、难产、剖宫产儿多患此病，其中以剖宫产儿最为多见。另外，性格内向、行为异常、胆小、性情执拗、人格发育不全的儿童亦多见；家族中有类似病史，与精神、行为异常的亲属有血缘关系的有一定概率被遗传而发病，因此我们认为本病有遗传因素，但并不是显性基因遗传。

从中医角度来讲，先天禀赋不足、后天失养的儿童容易罹患各种疾病，体质偏阴虚质、肝亢质、心火旺盛质、异禀质的儿童，相对容易出现该病表现。

5. 儿童患抽动－秽语综合征应看什么科？

抽动－秽语综合征以头部、躯干、上下肢的重复抽动最为多见，同时伴有异常发音和行为异常。《实用儿科学》将其列为"行为异常"的范围。儿童医院早先一般不设精神行为科，非精神病的行为疾病多由神经科治疗。随着科学技术的发展，近来国内外均认为抽动－秽语综合征与中枢神经系统神经递质有一定关系，所以家长可带患儿到神经科及综合医院儿科就诊。20 世纪 70 年代始，中医就在治疗抽动－秽语综合征方面显示出优势，所以还可到中医院的儿科、儿童医院中医科及综合医院中医科进行就诊。

6. 古代中医文献有无抽动－秽语综合征的记载？

古代中医文献无"抽动－秽语综合征"病名的记载，但其相似症状可见描述，如《小儿药证直诀·肝有风甚》曰："凡病或新或久，皆引肝风，风动而上于头目，目属肝，肝风入于目，上下左右如风吹，不轻不重，儿不能任，故目连扎也。"《幼科证治准绳·慢惊》描述："水生肝木，木为风化，木克脾土，胃为脾之腑，胃中有风，瘛疭渐生，其瘛疭症状，两肩微耸，两手下垂，时复动摇不已，名曰慢惊。"《保婴摄要》中薛己在"惊搐目直"中记载："小儿两目动札，手足发搐，用健脾祛风药治疗而愈。"以上文字中"目连"即不停眨眼，两肩微耸，两手下垂，时复动摇，与抽动－秽语综合征的表现非常相像，可见中医对此病的认识较早。

抽动－秽语综合征是现代医学病名。中医学虽无此名称，对其症状描述却有类似记载。以抽动而言，早在《内经》中即有"诸痉项强，皆属于湿"的论述，《金匮要略·痉湿暍篇》叙述了太阳病致痉。痉病就是以项背强直，四肢抽搐，甚至角弓反张为主症的病变，其发病原因一为风寒湿邪壅阻经络，气血运行不利，筋脉受病拘急而成痉称为"刚痉"；二为津血虚少，不能营养筋脉以致抽挛僵仆，称为"柔痉"。因此本病应属于"痉病"范畴。

7. 抽动－秽语综合征相当于中医学的什么病？

根据中医五行学说及脏腑辨证观点，历代中医学者多把本病归于"慢惊风、瘛疭、抽搐、筋惕肉瞤、肝风证、风痰证"范畴，亦有人归于"震颤、痉风、心悸、怔忡、胸痹、梅核气、郁证"范畴。

《内经》中又谈到"诸暴强直，皆属于风""风胜则动"以及"诸风掉眩，皆属于肝"，故凡一切抽动、搐搦、痉挛、震颤都为风邪偏盛之象，因此本病应属于"肝风"。至于秽语，叶天士在《临证指南医案》中曾云："三阳并而上升，故火炽则痰涌，心窍为之闭塞。"因痰火上扰，心窍被蒙，神志逆乱而发。基于上述理论，我们认为抽动－秽语综合征应归属中医的"痉病"和"肝风"范畴，其病因病理可以概括为"风痰"作祟。

风的特点是流动迅速，容易激荡，变化很快，所谓"风为阳邪，其性善行而数变"。痰是呼吸道分泌的病理性产物，由津液变化而成。风和痰的关系密切，往往因风而生痰，亦可因痰而生风，风痰窜动可发搐搦瘛疭，痰阻气道，则喉间痰鸣怪叫，痰蒙心窍常致神昏谵语，詈骂不避亲疏，狂言乱语不休。既可因病而生痰，亦可因痰而致病，其机理颇复杂，往往风、痰、火、气四者互为因果，风动则火生，火盛则风动，风火相煽则熏灼津液为痰而上壅，痰壅则气逆而窍闭，且可痰盛生惊，惊甚则搐。

文中所说的"风"有外风和内风的区别，外风是指外界的虚风贼邪，可侵袭人体引起疾患。内风是指风从内生，实际上是内在脏器的病变。外风可以引起内风，内风范围所属较广。如心火暴盛，肝亢冲逆，肾水不足，脾虚木亢均可导致阴陷于下，阳亢于上，风动化火，痰壅闭窍，血随气逆，横窜经隧，形成上盛下虚、阴阳不相维系的病理变化，与心肝脾肾四脏阴阳失衡有内在联系。

8. 怀疑儿童患抽动－秽语综合征后怎么办？

当儿童出现不停地挤眼、皱眉、清嗓子或不停地抽动时应怀疑到此病，但不要惊慌乱投医。虽然本病发病率逐年增高，但是有类似症状的疾病很多，一些小型医院或非儿科专业医务人员对此可能认识不清，诊断不明确，势必影响治疗。所以建议家长带儿童到大、中型医院等有儿科经验的专业人员处就诊，以便及时诊断，合理应对。

9. 治疗抽动－秽语综合征的中医专家有哪些?

刘弼臣（已故），男，北京中医药大学教授、学术顾问，东直门医院儿科研究室主任。从事儿科临床、教学、科研70余年，中医理论造诣颇深，提出抽动－秽语综合征"从肺论治"的观点。认为抽动－秽语综合征为六淫引发，风痰鼓动，上犯清窍，流窜经络而致。频繁挤眼、口角抽动应责之于风，喉中怪声或不清为痰随相火上升，循径上逆，痹阻咽喉，形成木火刑金之势，金鸣异常而出声怪异。从肺论治，治其根本，祛风除痰，痰消风去则抽动、秽语自止。但肺病日久，必伤及脾，使肺脾俱虚，所以在病之后期要采用补法，补其母以益其子，健脾以益肺，使卫外功能增强，外邪难以侵肺。

刘昌艺，男，刘弼臣教授次子，主任医师，世界医药研究中心研究员，香港《中华医药报》高级撰稿人，北京中医药大学刘弼臣名老中医传承工作室成员，东方医院刘弼臣儿科科研基金会成员。追随其父襄诊二十余年，深得真传，提出抽动－秽语综合征是一种"病源在肝，病发于肺"的风痰鼓动之证，故而提出"从肝肺论治"的观点，临床效果颇佳，不仅治愈率高，且复发率低。

王俊宏，东直门医院儿科主任，博士生导师，中医药高等教育学会儿科教育研究会秘书长，中华中医药学会儿科专业委员会委员、世界中医药联合会儿科专业委员会委员、北京中西医结合学会儿科专业委员会委员、《中西医结合儿科学杂志》编委。擅长治疗多发性抽搐症、儿童注意力缺陷多动障碍等儿科杂症。主持校级课题"静宁益智颗粒治疗小儿多动综合征的临床与实验研究"；作为主要参加者参加国家十五攻关课题"刘弼臣教授学术思想传承研究"；作为临床中心负责人参加国家科技支撑课题"刘弼臣教授治疗抽动－秽语综合征临床经验应用研究"。

史英杰，中国中医科学院广安门医院主任医师，1976 年毕业于吉林医科大学（现为白求恩医大），1986 年毕业于北京中医大学，获硕士学位。擅长小儿久咳、久泻、反复感冒、心肌炎、肾炎、紫癜、抽动症等疑难病症。对小儿呼吸、消化系统的常见多发病及病毒性心肌炎、重症肌无力、川崎病等疑难病的治疗，有较深入的研究。

于作洋，中日友好医院儿科主任医师，著名儿科专家。现兼任中医药高等教育研究会儿科分会常务理事。从事儿科临床和教学近三十年，主编医学专著 6 部，发表医学论文 20 余篇。毕业于北京中医药大学，师从享誉海内外的著名中医临床学家、教育家、有"京城小儿王"美誉的刘弼臣教授，为刘老的关门弟子，深得真传。负责北京中医药大学七年制教学工作，从事中医临床和教学近 30 年。对小儿多发性抽动症（抽动－

秽语综合征）、注意力缺陷多动综合征、遗尿症、情感交叉摩擦症等病颇有研究，在国内有较高的知名度，受到广大患者和家长的好评。

第二章
抽动－秽语综合征的辨别与判断

10.中医对抽动－秽语综合征病因的总体认识是怎样的?

中医认为抽动－秽语综合征病因有先后天之分。先天因素为先天禀赋不足而致阴阳失调,如遗传因素而致基因缺陷,产伤而致头颅损伤,难产、剖宫产出生时窒息等均属禀赋异常。后天因素包括病毒感染、头部外伤、肝气郁结、情感不舒、痰火内盛、环境改变、心神不宁、活动量增加、心情过于激动等。先后天因素共同作用,致使阴阳失调,阴不制阳,阳躁而动。

11. 中医对抽动－秽语综合征的病机认识是怎样的?

中医认为,阴主静,阳主动,阴阳对立,阴阳互根。阴平阳秘,精神乃治;阴阳平衡,动静协调。小儿时期"稚阴稚阳",生长发育迅速,所需阴精最为宝贵,一旦阴液不足即出现阳气偏亢。小儿又有"容易发病,传变迅速"的病理特点,无论外感或内伤,每易邪气嚣张,神气怯弱,邪易深入,扰乱阴阳平衡,阴精不足,筋脉失养,则抽动不止。

风善行而数变。风邪留恋肌腠,风燥伤阴,阴液不足,则风动而肌抽，内风被引，风行血虚，肝风内扰之候即成。

湿邪困脾，运化失常，水湿停留，积聚成痰，痰浊蒙蔽清窍则出现不自主动作及不自主秽语；痰湿阻络，筋脉痹滞，而肢体、肌肉瞤动不住。

外感热邪或风从火化，均致火灼真阴，肝肾之阴受损，阴不制阳，水不涵木，筋脉失养则抽；火夹痰上逆，阻滞咽喉，则咽中不利；肺金异常，则出现喉中异常发音。

总之，阴虚而阳亢是主要发病机理，肝风、痰火是主要致病因素，与肝、脾、肾关系最为密切。

12. 抽动－秽语综合征的病因与中医学中的"肝"有什么关系？

肝主疏泄，喜条达，主藏血。肝体阴而用阳，为风木之脏。其声为呼，其变为握。小儿时期"肝常有余"，内、外致病因素，皆易引动肝风。

小儿情绪波动，肝气旺盛或郁结，肝失其疏泄之职，气机不畅，气滞血瘀，筋脉失养；气郁日久，积而化火，火极生风，而现肝风内扰之候。

肝失藏血，血虚生风，肝风内动，风阳上扰，伤及头面故现伸头缩脖，皱眉眨眼。

肝血不足，血不荣筋，筋脉失于濡润，致伸屈失常，四肢肌肉震颤不休。

肝性刚直，肝风内动致难以畅其通达之性，以呼叫为快，故出现口内异常发音或秽语。

13. 抽动－秽语综合征的病因与中医学中的"脾"有什么关系？

中医认为，"脾为后天之本"。脾主运化水湿及水谷精微，为气血生化之源。脾为土脏，喜燥而恶湿。脾开窍于口，其华在唇。脾与口、唇有密切关系。脾病则见咧嘴、扭嘴等口唇怪异动作；脾主肌肉，气血不足、筋脉失养则筋惕肉瞤，表现为肌群不自主抽动。

脾失健运，水谷精微运化失常，气血生化乏源，气血不足则心神失养，故而注意力涣散，学习困难，心悸怔忡等；精血亏损，水不涵木则肝火旺盛，出现抽搐及行为异常，性情暴躁等。

脾失于运化水湿，致使水湿积聚，凝结为痰。痰湿阻滞，蔽阻心窍，心神失主则不自主抽动、秽语等。

14. 抽动－秽语综合征的病因与中医学中的"肾"有什么关系？

中医认为，肾为先天之本，主藏精，生髓通于脑。肾为水脏，肾藏志，因此小儿先天疾病多认为与"肾"关系密切。肾阴不足，精髓亏损，脑失所养，则动作不能控制或只能短时间控制；日久则影响智力发展，导致注意力不集中，学习成绩下降。

肾主水，心主火，阴水不足，水火失济，则心神不宁，神不守舍，心不能主言则现重复语言或秽语骂人。

真阴不足，水不涵木，则现肝木独亢，肝火旺盛，引动肝风则抽搐无常，且见性情暴躁，甚至出现伤害行为。

肾阴不足，相火内炽，痰随相火上升，循经上逆，痹阻咽喉，形成木火刑金之势，金鸣异常则症见怪声。此为本证源于肾而发于肺之机理。

抽动－秽语综合征患儿之肾不足，实为肾阴虚弱，故可多见舌质红绛，苔少或光剥，脉细数。

15. 西医对抽动－秽语综合征病因的总体认识是怎样的？

西医认为，抽动－秽语综合征病因尚不完全清楚，既往认为与精神因素、遗传因素、中枢神经递质代谢异常，特别是与多巴胺的功能正常与否有关。近年来随着神经生理、神经生化、神经内分泌学科和影像学技术的发展，多数医家认为本病与中枢神经系统的器质性损伤、性激素和兴奋性神经递质的作用有关。国外虽然进行了不少有关研究，但由于各类神经元、神经递质及其浓度水平和相拮抗介质在动态平衡上的复杂性，仅用某一种递质的变化来解释本病的发生显然是不完善、不确切的，其真实病因还需进一步揭示。

现代医学多项功能实验室及临床研究发现，腹部神经、神经递质和肠道微生物对行为性格、精神情志、大脑发育及功能有双向调节作用。故有学者提出"肠脑学说"，即"肠脑系统"包括腹部神经系统和微生物、人的精神活动和情志。意识不仅与大脑有关，还与"肠系统"有关。

16. 抽动－秽语综合征与哪些因素有关？

（1）围产因素：母孕期高热、先兆子痫、难产史、生后窒息史、新生儿高胆红素血症、剖宫产史等。

（2）感染因素：上呼吸道感染、扁桃体炎、腮腺炎、鼻炎、咽炎、水痘、各型脑炎、病毒性肝炎等。

（3）精神因素：惊吓，情感激动，忧伤，看惊险电视、小说及刺激的动画片等。

（4）家庭因素：父母关系紧张，离异，训斥或打骂儿童等。

（5）饮食因素：儿童挑食、偏食，爱吃大鱼大肉、油炸物等油腻食品，容易引发一系列消化系统问题。

（6）其他因素：癫痫，外伤，一氧化碳中毒，中毒性消化不良，过敏等。

17. 抽动 - 秽语综合征与心理因素有什么关系？

近年来，抽动 - 秽语综合征与心理学的联系已被证实，已知行为、感情方面的因素与抽动 - 秽语综合征虽没有内在联系，但不否定其相互影响。抽动 - 秽语综合征患儿可发生学习困难、多动、注意力不集中，甚至严重影响在学校和家庭的正常生活以及社会交往，缺乏自爱自尊。同时抽动 - 秽语综合征易受情绪的影响，表现为患儿兴奋紧张时抽动增加，而注意力集中时减少。不少学者尝试进行心理治疗，但报告表明这一方法对抽动 - 秽语综合征主要症状的改善无明显效果，而对于继发于抽动 - 秽语综合征引起的情绪异常、行为怪异、学习困难和注意力障碍则有一定的益处。所以，心理因素虽对抽动 - 秽语综合征的病情轻重有一定影响，但治疗时不能单独用心理疗法，只能作为以药物治疗为主的辅助治疗手段。

18. 抽动－秽语综合征与精神因素有什么关系？

有人认为抽动－秽语综合征是个人承受压抑时出现的一种反抗心理。几乎所有患者在精神有压力时症状加重，患者注意力集中到其他事物时抽动症状则减轻，因而多数人认为本病与精神因素有关，影响社会心理状态的各种因素与抽动症状的减轻或恶化有较大关系。但临床亦可见到部分患儿起病与精神因素的关系不大，单纯用心理疗法治疗抽动－秽语综合征无效。所以我们推测，心理压力、精神紧张可能与感冒、发烧等原因一样只是患儿的诱因，而不是致病的根本原因。

19. 抽动－秽语综合征是否有神经系统的器质性病变？

国外学者认为，一些患者肌张力有改变或精细运动缺损，这些神经系统的异常体征提示有器质性损害。而围生期有损伤病史的儿童发病率也高，亦支持以上结论。从少数尸解报告（因本病是非致死性疾病，尸解病例很少，多为个案报告）发现，在纹状体含多巴胺丰富的细胞群中有一种异常的细胞类型，这种异常细胞可能是损伤后的结果，也可能是本病的病理学基础。另有人在尸解中进行精细细胞系统病理学和免疫组织化学检查后发现，抽动－秽语综合征患者苍白球外侧背部完全缺乏 dynorphin 样阳性绒毛样纤维，腹侧亦很少。因此从纹状体纤维投射致苍白球中的 dynorphin 减少，可能为本病病人的脑病理改变。影像学检查还发现，18 例抽动－秽语综合征患者全部左苍白球明显小于右侧，豆状核平均体积比正常人小，两侧基底节体积不对称。

　　从以上国内外资料看，基底神经节的病理性改变可能是抽动－秽语综合征的病因，亦即此病可能合并基底神经节部位的器质性改变。

20. 抽动－秽语综合征与哪些神经递质有关？

　　抽动－秽语综合征病因尚未完全清楚，近年来随着神经药理学及神经生化学的发展，对抽动－秽语综合征的神经递质学说有更进一步的认识，主要涉及以下几种：

　　（1）多巴胺（DA）：氟哌啶醇是一种高效多巴胺受体阻断剂。用氟哌啶醇治疗抽动－秽语综合征有效，故反过来可以证明患者的纹状体内存在过度活跃的多巴胺系统。服用加强多巴胺系统活动的药物如 L－多巴、苯异丙胺、苯哌啶醋酸甲等可使抽动－秽语综合征患者病情恶化，似乎亦能间接证明这一观点。但由于大脑取样的困难，至今并未见到抽动－秽语综合征患儿脑组织内多巴胺含量测定的直接证据。高香草酸（HVA）是中枢神经系统中多巴胺的主要代谢产物，通常被作为多巴胺活性的主要指标。在抽动－秽语综合征中临床观察中，有人报告，抽动－秽语综合征患儿治疗前脑脊液中高香草酸水平低于正常对照组，而在治疗后水平提高。推测突触后多巴胺受体被药物阻断后，突触后神经元反馈性兴奋，突触前神经元使多巴胺细胞释放更多的多巴胺，从而导致相应的代谢产物增加。这一现象又说明抽动－秽语综合征不仅存在中枢多巴胺活性过度，而且有突触后受体超敏感的现象。虽然递质释放正常，但由于超敏的受体可引起效应细胞反应活动过度。

（2）去甲肾上腺素（NE）：3－甲氧基－4羟基苯乙二醇是去甲肾上腺素的一种代谢产物，国外有人测定了患者血浆中代谢产物的水平，发现在有些病人中水平升高，从而推测本病患者可能存在中枢系统去甲肾上腺素活性增高的情况。

（3）5－羟色胺：在生理情况下，5－羟色胺脱氨基代谢为5－羟吲哚醋酸。丙磺舒可以阻断此代谢产物的运转，故丙磺舒负载试验可以增加脑脊液中5－羟哚醋酸的浓度。国外有人进行抽动－秽语综合征患者丙磺舒负载试验后，发现此浓度水平低于正常对照组。故推测抽动－秽语综合征患儿存在5－羟色胺神经元的缺陷或受体的高敏感性，应用5－羟色胺的前身——L5羟色胺酸可使患儿症状改善，亦间接证明抽动－秽语综合征与5羟色胺代谢有关，另外也有报道本病与乙酰胆碱和 γ－氨基丁酸有关。

21. 抽动－秽语综合征有家族遗传性吗？

有学者认为本病与遗传有关。1920年开始，大量的研究发现了家族性抽动－秽语综合征的发生，在许多家族成员中伴有慢性运动性抽动的发生率可达30%～40%。几乎各种遗传方式均可发生，并认为常染色体显性遗传伴有基因突变是主要的遗传方式，但不能除外多基因遗传。疾病的严重性亦不因代代相传而增加，男性患者具有阳性家族史的为45.9%，女性患者具有阳性家族史的为62.2%。有人报告一组9对双胞胎儿童中7对同患抽动－秽语综合征，并随访他们的子女发现亦有患此病者，Jenkins报告了一对同卵双胎者同时患抽动－秽语综合征的病例。以上均说明抽动－秽语综合征有家族遗传性。

我们在临床当中也发现多个多代遗传的案例，可见遗传因素真实存在。当然，基因遗传毕竟不是100%概率，生活环境、饮食习惯、作息习惯等因素也都是引发此病的重要因素。

22. 我国有一家多例患抽动－秽语综合征的报告吗？

早在19世纪就认为抽动－秽语综合征有遗传因素，国外亦有家族性病例的报道。我国家族性病例报道较少，1984年安徽中医学院附属医院杨任民等报道一家族兄妹二人先后发病，其父亦患抽动－秽语综合征的病例，较典型，转录于下，以引起注意。

例1：程某，男，12岁，学生，患儿缓慢性进行性不自主四肢多动，伴挤眉弄眼4年，于1981年8月17日入院。4年前老师发现患儿上课时常出现急速而短促的挤眉弄眼、努嘴、扭颈等不自主无节律动作，且日益频繁，尤以精神紧张或激动时加重，另有在行走中突然两手紧按腹部，出现双腿紧夹或蹬足跳跃的动作，自己不能控制。近来喉部常有干咳样"嘿嘿"声，入睡后上述症状消失。足月顺产，无其他异常病史。脑电图各导联有散在14～18cps波及短程4～7cps波。用氟哌啶醇效不佳改用三氟拉嗪好转。

例2：例1患者之妹，女，9岁，以发作性不自主四肢抽动3年，喉中"哼哼"声3个月为主要表现，于1983年1月14日入院。患儿6岁起常出现不自主快速而短促的全身不规则抽动，如耸肩、屈胸、缩颈，每次持续约1秒钟，每周连续

3～5次不等。情绪激动时频繁，入睡后消失。手中不论拿到
何物，常不能控制地用力捏、扯或摇动；徒手时常搓衣角、头
发。近年来情绪不稳定，暴躁易怒，近3个月来喉中常发出
"哼哼"声，自称不能控制。患儿早产20天。检查时平举双手
可见两上肢频频以近端为主突发闪电式短促抽动。抗"O"抗
体、血沉均正常。服用氟派啶醇和吡啶斯的明显好转。追溯病
史及家族史，知其父亲亦有不自主眨眼、耸肩等症状，但年龄
已过青春期，其症状有所好转和减轻。这一典型家族性抽动－
秽语综合征的病例报道，进一步肯定了家族性抽动－秽语综合
征的存在。在临床工作中如遇到抽动－秽语综合征者，应注意
寻问其家族史。

23. 抽动－秽语综合征的遗传方式是怎样的？

近代研究已提出许多抽动－秽语综合征存在遗传易患性问
题。但具体的遗传方式尚不完全清楚。对13对双生子患抽动－
秽语综合征的病例进行研究表明，其单卵双生子共同患病率为
77%，双卵双生子为23%。基因研究发现，属于外显率不同
的常染色体显性基因。家系研究亦得出同样结果。故有些人认
为，此病遗传方式可能为伴有不同外显率的常染色体单基因遗
传。但也不排除非遗传性因素对抽动－秽语综合征表达作用的
影响，如妊娠期服用止吐药或其他药物而致基因发生改变等。

24. 上呼吸道感染能诱发抽动－秽语综合征吗？

上呼吸道感染（简称"上感"）诱发抽动－秽语综合征报
道较多见，可能是因为病毒感染影响了纹状体部位的神经递

质，诱发了有此病遗传缺陷患者的发病。中医认为，上感多由风邪外侵所致，风善动摇，外感风邪易致抽动，外风引动内风则肝风内动而致此病。其具体表现为，初起可见咽痛、发烧，同时或后期出现患儿清喉声不断，有强迫性或怪异发声，至上感症状及咽部充血体征消失，其症状不减或渐加重，伴有头面部及肢体的不自主抽动。此类患儿在治疗时要注意在外感药中加用息风镇惊之品。有的患儿随上感症状好转其抽动可消失。如仍有抽动，则按中医辨证论治的原则，进行分型治疗。

25. 哪些药物可诱发抽动－秽语综合征？

当用药物治疗其他病时可引起类似抽动－秽语综合征的临床表现。据报道，用氯氮平治疗精神病病人时，其中有多例诱发了此病。症状典型，且症状轻重与药物剂量成正比，停药后症状可渐消失。用公认的对抽动－秽语综合征有效的氟哌醇可抑制发作。氯氮平是通过选择性阻断中脑边缘神经递质通路而起到抗精神病治疗作用的，而抽动－秽语综合征被认为是纹状体多巴胺系统中多巴胺活动过度导致的。氯氮平似乎能选择性增强此处的多巴胺功能，从而引发抽动－秽语综合征的抽动症状。但不是每个人都发病，故与个体因素有关，说明氯氮平在个别人中可诱发此病。

卡马西平（抗癫痫、高热惊厥药）、孟鲁司特钠（缓解哮喘药）等药物应用时也有类似报道，应引起医者注意。

26. 抽动－秽语综合征的主要临床表现是什么？

主要表现为慢性、波动性、多发性运动肌突然、快速、重复的抽动，并伴有不自主发声和行为改变等。早期抽动以面部为主，继至颈肩部，渐至躯干、四肢。少数患儿出现不自主骂人及模仿别人的语言、多动、注意力不集中、课堂上控制不住地乱跑等现象。

27. 抽动－秽语综合征中抽动的特点是什么？

抽动－秽语综合征以抽动为主要临床表现，其抽动特点如下：多以快速、多组肌肉同时出现。面部肌肉抽动表现为眨眼、斜眼、扬眉、皱眉、咧嘴缩鼻、作怪相等；头颈部肌肉抽动则为点头、摇头、扭头、挺脖子、耸肩等；躯干部肌肉抽动则为挺胸、扭腰、腹肌抽动；上肢抽动表现为搓手指、握拳、甩手、举臂、扭臂；下肢抽动表现为抖腿、踢腿、踮脚、频繁下蹲甚至步态异常；喉部肌肉抽动则为异常发音，如清嗓子、干咳声、吼叫声、吭吭声，或随地吐唾沫，或发音时重音不当，或不自主骂人等。

以上各组症状，有人同时出现，有人是先有一组症状，一段时间后换一组或增加一组症状。抽动发作时意识清楚，用意识可以短暂控制，入睡后抽动消失，性情紧张时加重，感冒后加重。

28. 抽动－秽语综合征中抽动的变化规律是怎样的？

抽动是本病早期的主要临床症状及特点，75%～90%的患儿自述在发作前有眼睛不舒服或颈部不适感觉，随即出现单眼或双眼眨动，用力甩头的动作。其不适感可在一次动作中缓解。部分患儿的抽动与当时的想象或试图讲话的内容有关。随着病情的发展，在无任何感觉和意识的参与下即出现刻板多变、难以自制的肌群抽动，这些看起来好像有目的抽动实际上是自发动作，当连续发生时，即出现复杂性抽动的表现。如患儿初起面部发生轻微抽动时，部分患儿用夸张的面部表情的方式来加以掩饰，多次发生后，面部肌肉不自主抽动和试图掩饰的表情交织出现，导致面部重复出现的"鬼脸"现象。为了克制或掩饰还可能出现更复杂古怪的动作，如在坐姿时为了掩饰面部及颈部的抽动，在发作时患儿下颏突然触动，手指抽动时则用旋转手指及上臂加以掩饰，下肢抽动时则以用力跺脚来掩饰等。掩饰的动作比实际抽动的动作幅度要大。由于这些掩饰动作与不自主抽动动作的交替，使症状表现复杂化，到后期表现则更为明显、典型。

29. 抽动－秽语综合征中抽动的易发部位在哪里？

多发性抽动是多组肌群同时或相继抽动的结果，但其易发部位不尽相同。国外有人总结665例多发性抽动患者抽动症状发生部位分布的百分比如下：单纯抽动：单纯面部抽动占93.1％；头颈部抽动91％；上肢抽动者68.6％；下肢抽动者40.7％；躯干部抽动者46.5％；单纯发音抽动者98.5％；而复杂运动抽动者68.5％。受累最多的易发部位是头颈部。

30. 抽动－秽语综合征中发音抽动的具体表现是什么？

发音抽动即表现为异常发音。可单独出现或与其他肌肉抽动同时出现，发生率为79％～98.5％。引起发音抽动的最多见部位为喉部，喉部肌肉抽动时发出爆破声、呼噜声、干咳声或清嗓子声；其次是舌肌抽动，发出咂舌声、嘘声、吱声、嘎声；鼻部抽动则为喷鼻声、气喘声、嗤之声状的发声动作或哽咽声。在说话时则表现为口齿不清、含混、异音及语音延迟、音调强弱不匀等。多在句子末尾或需要停顿时出现语言障碍，为了纠正或掩饰，患儿常提高音调，以喧闹声、嘈杂音掩饰障碍部分。

31. 抽动－秽语综合征中发音抽动何时最为明显？

发音抽动和其他肌群抽动一样，在紧张及激动、恐惧时加重。而发音抽动最具体的表现是在讲不常用的词语之前发生，包括有逻辑关系的文字、否定词、拒绝别人的文字，带有强烈情绪色彩的文字或恼怒、疲惫之后的语言，尤其涉及与人或性有关的文字时，抽动发作最为频繁和严重。约 1/3 的患者由于紧张或脆弱，常把要表述的内容或词语用他自己的方式或非正规语言表述出来，故其语句显得单调生硬，使正常语言节律破坏，有时突然变成难以听清的耳语声，甚或只见患者表达的口形而听不到发声。此类患者出现表达不清再重复一遍，或犹豫是否要重复时，就表现为重复语言。这也是抽动－秽语综合征的特征之一。当不自主发音抽动呈现为复杂的"唠叨"样或"咒骂"状时，即为秽语症。

32. 抽动－秽语综合征中秽语的表现形式是怎样的？

秽语的特点是在最不适宜的场合和时间，以罕见的、高亢的语调，毫无道理地大声表达淫秽词语。秽语多在交谈的初始或结尾时，内容涉及性交、排泄、亵渎性词语。国外有人用计算机模拟抽动－秽语综合征中秽语的形式，分析发现，秽语概率发生最多的原因可能与"脑功能短环行路"有关，使类似秽语的相关系列文字高概率出现，产生多量秽语词汇。本病患者虽有良好的自知力，但对秽语几乎无自制力，有时为了控制秽语的出现反而呈现连串的脏话。为了防止秽语，患者常自行修正文字或乔装字语，以解脱难堪境地。另外还有精神秽语和秽语行为。精神秽语是患者头脑中重复思索某个秽语词汇，但不表达出来。秽语行为是用手势或发泄秽语的行为表达秽语内容，其手势表达的方式或姿态与个体的文化教养有关。

33. 抽动－秽语综合征中模仿现象是怎样的？

在本病中，有部分患者会出现模仿现象。最常见的模仿形式是模仿人类的语言，还有模仿动物的鼻音、叫声、电视中特殊的声响等。还有的是重复会话的整个句子或重复叫唤自己的名字。也有人反复执行愚昧诙谐的动作如致意性接吻、呱呱叫、自发地反复出现象征胜利的"V"形手势等。因此又导致抽动－秽语中的行为紊乱问题。

34. 抽动－秽语综合征是否有行为紊乱？

国外研究此病较早，在 1985 年就有人报道精神不稳定存在于大部分抽动－秽语综合征的病例中，认为精神变化是不可避免的。另有报道认为 85％左右的抽动－秽语综合征患者伴有轻至中度行为紊乱。行为紊乱是本病的一部分。总之抽动－秽语综合征患者大部分有行为紊乱问题，但其轻、重程度不同，轻者只表现为瞬动不安、过度敏感、易激惹或行为退缩；

重则呈现难以摆脱的强迫症状、注意力缺陷、多动、破坏行为、学习困难、睡眠障碍等。

35. 抽动－秽语综合征是否有强迫行为？

《国外医学》报道认为，抽动－秽语综合征患者强迫性障碍发病率为 28%～67%。强迫观念与强迫行为是以反复出现刻板行为和（或）观念为特征。强迫观念包括强迫计数、强迫性洗手，有的难以自制地触摸物体或他人等。强迫行为与反复抽动有时是重叠的，如反复触摸物体或躯体的愿望和动作即代表强迫观念、强迫行为，又是复杂性抽动动作。强迫观念与强迫行为有时随病程延长而加重。在小儿快速发育时期很少合并强迫性障碍，多从青春期向成年过渡期才出现或加重。在病因学上有人认为抽动－秽语综合征与强迫症有相同的基因缺陷，但尚无定论。

36. 抽动－秽语综合征合并儿童多动症吗？

据临床资料来看，抽动－秽语综合征合并儿童多动症的发病率约为 25%～50%。主要表现为注意力不集中、多动及冲动行为。多动症的症状通常出现在抽动之前，约早 2～3 年，并且是重度抽动患儿常见的症状。

究竟是抽动－秽语综合征本身具备多动症状还是两种病之间无一定关系，国外有人做了大量工作，发现两者遗传基因之间无相关性。因为在抽动－秽语综合征患儿亲属中多动综合征患病率与普通人群中多动综合征患病率基本相同，并无增加现象，而同时有抽动－秽语综合征和多动症亲属的儿童多动症患病率比只有抽动－秽语综合征亲属的患儿多动症病发率高8倍，说明两者基因缺陷无相关性。

另外，治疗多动症的精神兴奋药能引起肌群抽动，这也是抽动－秽语综合征与多动症同时存在的一个原因。如哌甲酯、匹莫林等可引起易感个体的多动患儿肌群抽动。有人报告用精神兴奋剂治疗多动症 1520 例，出现抽动的发生率为 1.3%，说明发病率并不高。但如大面积应用也可引起不少人出现抽动，所以当抽动－秽语综合征合并多动症时要注意询问是否服用了精神兴奋药。

37. 抽动－秽语综合征患儿智力如何？

大多数研究认为，抽动－秽语综合征患儿智商平均在 100 分左右，属正常范围。有一组研究对 28 例患儿采用韦氏儿童智力量表修订版（Wlsc-R）进行智力测定，结果发现此组患儿的平均智商在正常范围，语音智商和操作智商亦在正常范围。但用相同的方法测定有人得出不同的结果，认为此病患儿存在一定的智力缺损。用神经、生理测定量表调查神经生理损害，发现约半数抽动－秽语患儿存在智力缺陷。总之关于此病患儿是否存在智力缺陷的问题，国内、外尚无定论。目前研究可见两种观点。我们临床观察 3000 例患儿发现，此病患儿不存在明显的智力问题，少数智力低于正常，更多的是由于此类患儿不自主运动及注意力不集中造成的；也有少数智力高于正常的患儿，更多地体现在儿童的敏感反应上。

38. 抽动－秽语综合征患儿是否有记忆与注意力缺陷?

据国外资料报道,用 Halstead 儿童神经心理成套量表测试 28 例抽动－秽语综合征患儿,提示有空间记忆力缺陷。亦有人进行事件相关听觉诱发电位及 Knoxcube 测验发现,抽动－秽语综合征对患儿特殊注意及视觉注意广度有损害。但多数人认为抽动－秽语综合征患儿可能有记忆损害,但这不是主要问题。应注意的是,精神抑制药物如氟哌啶醇可影响学习和行为,所以在分析神经心理缺陷时要注意药物的作用因素。但又有一组报道,发生抽动患儿服药组与未服药组各 25 例,神经心理测验结果差别无显著性,提示精神抑制药物对多发性抽动患儿的认知功能无明显影响。当然,与服用剂量也有很大关系。

39. 抽动－秽语综合征患儿是否有感知觉缺陷?

国内外资料综述认为,此类患儿伴有不同程度的感知觉缺陷,多种检测方法所得结果基本一致,提示此病患儿在空间、运动和图解技能等方面存在缺陷。在积木、拼图能力、译码能力和视觉运动技能方面得分低,认为可能是由于基底神经节神经生理功能失调而继发的视觉空间组织能力和视觉运动技能方面存在缺陷。亦有人以为抽动－秽语综合征患儿总的认知水平没有明显缺陷,只是在某些特殊功能区存在缺陷,如视觉运动区和视觉图解区。在接受言语技能方面及道路追踪测验适应速度变化方面也存在一定问题。

40. 抽动－秽语综合征患儿是否有学习困难？

学习困难也是行为问题的一种，当被老师和父母认为学习能力下降，且需要专门教育时称为学习困难。在抽动－秽语综合征患儿中，伴有学习困难占 24%～ 50%，除部分伴有感知觉损害、视觉运动技能低下、阅读及计算能力损害外，多数是由于其本身的不自主症状导致的。如不能控制的抽动和发音，影响注意力的集中；严重肢体抽动使患儿的眼睛很难关注在书本上，导致作业完成困难等都是影响学习成绩的因素。老师和同学的鄙视和嘲笑，使患儿产生厌学情绪等亦是学习困难的另一原因。大部分抽动－秽语综合征患儿的学习困难是可逆的，随着病情的好转，学习成绩亦可随之提高。希望家长和老师要有清楚的认识，以采取相应措施。

41. 抽动－秽语综合征患儿合并偏头痛吗？

有研究发现儿童期偏头痛在抽动秽语组发生率为 26.6%，明显高于一般儿童偏头痛的发生率（4%～ 7.4%），认为伴偏头痛的抽动－秽语综合征可能代表此病的一个类型。主要发病原因与 5- 羟色胺代谢功能障碍相关的神经递质紊乱有关，与偏头痛的发生机理基本相同。所以抽动－秽语综合征和偏头痛常同时出现在某些儿童身上，可能是由于两者有相似的代谢异常。在临床中见到抽动－秽语综合征患儿伴有偏头痛时，要想到是其伴随症状。

当然，也不能排除很多抽动－秽语综合征患儿有陈旧性呼吸系统问题，如鼻炎等，鼻窍不通亦可引发头痛等。

42. 抽动－秽语综合征患儿是否合并睡眠障碍？

国外资料认为，12% ～ 44% 抽动－秽语综合征患儿伴有睡眠异常情况。认为本病的睡眠障碍是从非快速眼动相睡眠第 3、4 期向快速眼动相睡眠移行的损害。对抽动－秽语组及正常对照组进行多种波动描记睡眠的研究，显示病人组夜间觉醒次数增加，非快速动眼第 4 期夜惊发作，而正常对照组无类似表现。在一组 57 例该病的睡眠调查报告中，有 33% 的患儿有梦游和夜惊。还有的患儿表现为失眠、多梦、就寝时间延长。这种睡眠障碍多发生在抽动－秽语综合征伴有多动行为的男儿童，而且年龄较小的病人多见，有随年龄增长而消失的倾向。

从中医角度来讲，抽动－秽语综合征患儿多属于心肝火旺、阴虚内热体质，临床中有盗汗现象的患儿占比达 90% 以上，与睡眠质量差形成恶性循环，随着治疗效果的推进，症状减轻后，睡眠质量也会相应提高。

43. 抽动－秽语综合征患儿为什么有易怒及行凶现象？

在抽动－秽语综合征家族中有明显的性格特征，即性情急躁，有破坏财物及行凶现象。并与抽动－秽语综合征严重程度呈正相关。

国外有人把易怒及行凶问题划分为 4 级。0 级：无易怒及行凶问题。Ⅰ级：有易怒，大喊大叫，打翻东西等行为，但不涉及破坏财物或袭击他人的行为。Ⅱ级：患者往往通过破坏财物、杀死动物、伤害他人等行为发泄其愤怒。Ⅲ级：因参与行凶而致法律问题。此病可有以上不同程度的表现。

抽动－秽语综合征患者易怒及行凶的原因有两种：一为外因，即由于其不自主怪异动作遭到他人讥笑或嘲讽，患者本身对躯体动作失去控制。二为内因，即该病患者中枢神经系统的高多巴胺可使患者在无外界刺激下也表现出易怒与暴躁情绪。动物实验显示，高多巴胺促进剂不仅可诱发抽搐，而且可增强其好斗性与挑衅行为。中医认为，肝为"将军之官，决断出焉"。肝火旺盛则易引起难以控制的怒火，从而出现骂人或行凶现象。

所以抽动－秽语综合征患者的易怒及行凶行为是病情的表现，出现此现象后应积极药物治疗，而不是通过压力或暴力解决。

44. 抽动－秽语综合征患儿怪异症状发生率约是多少？

本病患儿由于多肌肉抽动而出现一些怪异症状，但每个病人的表现形式又不同，其各种症状发生率是多少呢？我国有人对 141 例患儿的临床资料、脑电图、韦氏智力测验及家长问卷的结果总结如下：挤眼、斜眼、耸肩、皱眉、咧嘴等面部肌肉抽动的占 84%（118/141）；点头、摇头者占 47.5%（67/141）；扭颈者占 30.5%（43/141）；耸眉者 38.3%（54/141）；手臂及随脚动作者占 26.2%（37/141）；肛周肌肉抽动 1 例。发声抽动表现为清喉干咳占 74.5%（118/141）；嗅鼻占 9.2%（13/141）；秽语者 8.5%（12/141）；大喘气 14.9%（21/141）。抽动始发部位以头面部为主。脑电图正常者占 68%。平均智商为 98 分。患儿行为问题总分及多动、强迫、焦虑平均分高于对照组。16 例有焦虑，占 11.4%；11 例有抑郁情绪；12 例有违纪行为及攻击行为。28%（40/141）合并注意障碍多动症；26%（37/141）合并有强迫症。

45. 抽动－秽语综合征患儿内向型性格多见吗？

有研究用艾森克人格问卷（EPQ）对 196 例抽动－秽语综合征患儿进行测试分析，试卷皆由本人填写，由电脑评分打印，并逐项比较分析被试者内外向性格、精神质、神经质三个方面表现及掩饰倾向。结果表明，内向人格和心理防御水平偏高是抽动－秽语综合征患儿的主要人格心理特征。

内向型性格既是抽动－秽语综合征的成因之一，又是此病在病理进程中演化的结果。首先内向型人格往往比外向型人格有更大的心理压力，前者累积的负心理能量得不到适时宣泄，导致途径转换，通过各类运动性抽动强迫症状以及声带抽动而发泄出来，以维持潜意识的心理平衡。再者本综合征病程较长，其间所承受的心理压力很大，大部分患儿不能被他人理解和同情，反而遭到训斥、惩罚、厌恶，甚至敌视，所以患儿普遍产生或加剧了自卑心理，过分强调内省，自我注意的程度也逐渐加大。抽动症状的纠正动机强烈，结果适得其反。加之常见的误诊，导致由初期单一症状向多元化、复杂化以及高频率、高强度发展，人格心理也由此朝内向型演变。

46. 抽动－秽语综合征患儿的不常见症状有哪些？

对抽动－秽语综合征的一些不常见症状也需要有一定认

识，以防一病两治的现象出现。

（1）裸露癖：部分精神缺陷病人表现为裸露癖，而抽动－秽语综合征患者亦有少部分合并此症状。男性约占16%，女性约占6%。国外有人把裸露癖分为四级：0级：无裸露现象；Ⅰ级，抚摸性器官；Ⅱ级：在家中限于家庭成员面前裸露；Ⅲ级：在公众前亦有裸露欲及裸露行为。抽动－秽语综合征患者中，以上各级表现均可出现。

（2）遗尿：抽动－秽语综合征后期不少患儿会合并遗尿现象，约占36%（28/77）。中医认为肾为先天之本，肾主二便，如肾先天不足，失于管束，则出现遗尿。

（3）攻击性及行为幼稚：对两个年龄组（6～11岁和12～16岁）抽动－秽语综合征患儿的行为和社会问题发生率进行比较，年龄较大的组社会问题较多见。

（4）焦虑、抑郁、纪律问题、狂躁、恐怖症、口吃与正常对照组比较高5～20倍。

（5）少数人有自残行为，其中包括自残容貌综合征。

47. 抽动－秽语综合征的严重程度与发病年龄有关吗？

抽动－秽语综合征病势有轻重之分，国外有人分为3级。Ⅰ级：抽搐轻微，不影响学习与生活，无须治疗；Ⅱ级：抽搐严重，需要治疗；Ⅲ级：抽搐严重并影响患者生活。研究中发现，病势的严重程度与发病年龄有关，平均发病年龄为6.9岁。症状随发病年龄增加而自Ⅰ级至Ⅲ级递增。Ⅰ级合并多动症者发病最早，平均年龄为4.65岁；Ⅲ级平均年龄为8.14岁，提示发病愈晚，抽动症状愈重，愈需要治疗。

48.抽动－秽语综合征患儿要做脑电图吗？

抽动－秽语综合征病因尚未明了，近年认为它与遗传因素、神经生理、生化代谢以及环境因素在发育过程中的相互作用有关。关于该病有大脑器质性病变的学说，随着研究的深入，越来越多的人持支持态度，认为此类患儿行为运动的改变与杏仁核纹状体通路障碍有关，不自主发声可能是由于扣带回基底节及脑干不规律放电有关。另外，由于本病进行活体病理研究几乎是不可能的，而影像学检查由于技术掌握、手段、标准的不同，结果会受一定影响。所以脑电图是最简单又无损害性的检查方法。抽动－秽语综合征的患儿有必要做脑电图进行观测。

近几年用于临床的脑电地形图，对该病的诊断敏感性较高，有条件的可进行脑电地形图检查。详细检查情况可参见儿童多动症部分的有关内容。

49.抽动－秽语综合征患儿脑电图异常吗？

近年来对抽动－秽语综合征脑电图的研究较普遍。其阳性率在3%～60%不等。较低阳性率的报道多为只做一次脑电图。如多次检查，特别是增加诱发试验手段，其阳性率可能会提高。脑电图波形无特异性、规律性，以慢波为多见，少部分表现尖波、棘波、棘慢波，可阵发性发作，有的可在换季后爆发。脑电图的异常与患儿性别、发病年龄、病程长短无明显相关关系。

50. 抽动－秽语综合征患儿影像学可见到哪些异常？

随着影像学的深入发展，国外对抽动－秽语综合征患者亦有新的发现。1978 年有人从 73 例抽动－秽语综合征病人中发现 2 例患者脑 CT 扫描显示中隔腔透明洞异常，而 71 例正常，似乎阳性意义不大；1981 年在 16 例病人中有 6 例异常，包括轻度脑室扩大，Syl–Vian 裂或皮层均明显。19 例患儿做脑 CT 扫描，并与由婴儿孤独症、注意力缺陷障碍和语言障碍以及由内科病人（头痛、脑震荡或内耳疾病）所组成的对照组比较，结果显示在脑室体积、右／左脑室比率、脑室不对称脑密度分析，组与组间无差异。正电子发射断层扫描和改良 NINCOS NEURO PET 扫描机亦有类似报告。

这些检查旨在发现抽动－秽语综合征有无脑实质损害，目前普遍检查较少，阳性率亦很低，不是临床诊断的必需手段。

51. 抽动－秽语综合征有哪些检查方法？

（1）翻手试验：阳性率 53.7%，可疑 36.6%，10% 为正常。

（2）空间位置障碍检查：观察患儿视觉、听觉，有联系的知觉综合功能有无异常，50% 阳性及可疑。

（3）联带运动试验：联带运动是观察大脑对抑制和兴奋转换的共济协调功能的一种检查，83.3% 阳性及可疑。

（4）智力测验。

（5）运动持久试验：查自我控制能力。

（6）默画试验：可粗略判断其智能状态。

（7）穿针试验：在一定照明度下，用统一线长和针型观察患儿1分钟穿针引线的次数。可了解患儿视觉力、注意力集中程度及精细动作的灵敏度，以及心理竞争状态如何。试验证明，抽动－秽语综合征患儿穿针引线次数明显少于正常对照组。

52. 翻手试验如何进行？

患儿坐于桌前，将两手平放在桌面上，手掌向下，将拇指沿桌边垂下，而两手其他手指靠拢。在反复尽量快速翻手时，出现动作笨拙，甚至乱翻一气；或翻手时肘部不让摆动时出现两手小指靠不拢，姿势也更加笨拙者，称之为"阳性"，用符号"+"记录。

53. 联带运动试验如何做？

让患儿一手握拳捶击桌面，同时另一手在桌面上做前后方向的搓动动作。连续做十次后，两手迅速交换所做动作，再连续十次。能正确连贯地动作，结果为"－"；不能正确动作，结果为"+"。基本上能按规定动作，但动作笨拙，尤其在转换动作时明显有困难者，结果为"±"。

54. 抽动－秽语综合征视觉诱发电位检查的意义是什么？

视觉诱发电位反映的是神经传导通路的功能状态，这一传导通路自前至后贯穿大脑，前为视网膜，最后为枕叶纹状区。所以视觉诱发电位异常能反应大脑的功能异常。抽动－秽语综合征患儿要确定是否有脑器质性损害及功能性异常，做视觉诱发电位是可以的，但不是必做检查。

55. 抽动－秽语综合征辅助检查有哪些?

（1）24 小时尿中儿茶酚胺排泄量。大多数病例排泄量增多，但与病程、疾病严重程度无关。

（2）脑脊液高香草酸（HVA）测定。

（3）植物血凝素（PHA）测定。

（4）血大脑 γ_2－球蛋白抗体水平。

（5）脑脊液强啡肽水平。

以上辅助检查，对于研究探索抽动－秽语综合征病因学有很大意义，在临床诊断与治疗学上由于检查存在难度，不易普及。

56. 抽动－秽语综合征用于鉴别诊断的检查有哪些?

（1）血沉、抗链 "O"、C 反应蛋白用以除外风湿性舞蹈病。

（2）肝功、血浆铜蓝蛋白用以除外肝豆状核变性。

（3）血常规、免疫球蛋白用以观察有无感染及免疫方面的缺陷。

57. 抽动－秽语综合征的诊断标准是什么?

目前我国尚无抽动－秽语综合征统一的诊断标准。各医家或引用国外诊断标准，或根据病情设立自己的诊断标准。虽然不统一，但大体一致，基本包括年龄、临床表现、病程、神经系统检查内容，同时除外类似疾病。结合实践及《实用儿科学》（第 5 版 1995 年印刷），我们认为以下标准较确切：

（1）具有反复发作的眼、面部、四肢、躯干肌肉多发性不自主抽动。

（2）喉部异常发音及模仿语言，模仿动作。

（3）以上表现在精神紧张时加重，睡眠时消失。

（4）神经系统检查多无异常。

（5）除外舞蹈病、手足徐动症、肝豆状核变性等类似疾病。

58. 抽动－秽语综合征 DSM－Ⅲ 诊断标准是什么？

1980 年美国精神病学会出版的《精神障碍诊断和统计手册》第三版（DSM－Ⅲ）关于抽动－秽语综合征的诊断标准如下：

（1）症状开始于 2 ～ 15 岁。

（2）反复出现多发性、无意义的运动肌抽搐。

（3）出现多种不自主发音。

（4）症状渐轻与渐重交替出现。

（5）能自觉抑制症状数分钟至数小时。

（6）症状持续一年以上。

59. 抽动－秽语综合征容易误诊吗？

临床中多数病人在症状出现几年以后才被诊断。造成误诊的原因，主要有以下几方面：

（1）医生对此病不熟悉，常被多种多样的症状所迷惑。将喉肌抽动而致的干咳误诊为慢性咽炎、气管炎；将眨眼、皱眉误诊为眼结膜炎；动鼻误诊为慢性鼻炎等。

（2）家长对此病不认同。因为不停眨眼、耸肩而就诊者，多认为是不良习惯。当到医院看其他病时，被医生发现而询问有关情况时，家长多不配合回答，多被告之"没事，就有点小毛病"。当医生告诉家长怀疑患儿是此病后，家长多不信任，而反对复诊，导致确诊时间后延。

（3）病人对症状有一定的抑制能力，当轻症患者有意掩盖其抽动症状时，家长及医生不易察觉。

（4）某些医生认为抽动－秽语综合征必须具备秽语，但实际上只有1/3的患者在发病几年后才出现秽语现象。

提高医生及普通人群对此病的认识，有助于尽快诊断、治疗。

60. 抽动－秽语综合征抽动时为什么伴有腹痛？

抽动－秽语综合征的特点是多组肌肉不自主抽动，躯干部肌肉包括胸部及腹部肌肉等。由于肌群的不停收缩、放松，频繁运动，并且用意志难以控制，即使肌群已疲劳也不能停止抽动，机体产生大量乳酸，不能及时消散、分解，刺激肌肉神经而感觉酸痛。

腹痛可由很多种疾病引起，但抽动－秽语综合征的腹部疼痛特点是抽动时痛，放松后减轻，无呕吐，大、小便无异常。触诊时腹壁肌肉触痛，内部各脏器位置无压痛、反跳痛。听诊无肠鸣音异常。化验无阳性发现。

同样的原理，不停抽动的各组肌肉可引起相应肌群的酸痛，如胸痛、颈痛、上下肢痛等。

轻症不用特殊处理，重者可让患儿平卧，深吸气放松，家长或医者轻轻按摩痛处即可。关键是积极治疗原发病，随着抽动频率的减少，疼痛也渐痊愈。

当然，也不排除部分患儿有消化系统的基础疾病，如肠系膜淋巴炎等，也会引发儿童腹痛，临床中需要做相关检查才能明确诊断。如果儿童经常腹痛，家长可以让患儿将头偏向一侧，用手指顺着儿童的胸锁乳突肌边缘轻按，如发现有小疙瘩或者如黄豆粒大小的肿胀物，大概率属于肠系膜淋巴炎。

61. 儿童挤眼是毛病吗？

儿童不自主地频繁挤眼，不要因为是小毛病而忽视，要从以下几方面考虑。①结膜炎：当小儿不注意卫生，用脏手、脏毛巾擦眼后，或病毒性感冒时，均可引发患儿结膜炎。由于炎症刺激，患儿感觉眼睛不舒服而不停地眨眼。此类疾病表现为急性发病，有相应的感冒症状，眼结膜充血、水肿，目眵多。用抗炎眼药水可使症状减轻。②局部抽动：由一组肌肉反复、刻板地抽动而致，开始基于保护性动作，如患结膜炎时，眼睛的眨动被固定下来，即为眨眼性抽动症。还可因模仿他人或精神因素而致。此属功能性抽动，即习惯性反应。③抽动–秽语综合征：不停眨眼伴有其他肌群的抽动及异常发音，结膜不充血，无其他感染症状。总之，对儿童的挤眼表现应引起足够重视，及时正确诊断很重要。④倒睫：由于儿童习惯性俯卧位睡姿或者先天生理结构问题导致睫毛倒长，刺激眼球引发眼痒、红肿等，临床中于五官科就诊即可做出明确诊断。

62. 儿童"清嗓子"是咽炎吗？

小儿上感后遗留咽部炎症，由于炎性分泌物增加及咽后壁滤泡增生，使患儿自觉咽部有异物感，想用力清除，由此出现"吭""嗯"等的清嗓子声音。有的可吐出痰样分泌物，但大部分是干咳。检查可见咽红，扁桃体红肿，咽后壁多量颗粒状结缔组织增生。急性期还有发热、咽痛等表现，用抗炎及抗感冒药可使症状减轻。

无上感情况亦有"吭""嗯"的清咽声，且声音高亢、响亮，认真分辨其声音后有故意放大的感觉，并有眼、眉、鼻等异常动作，不能长时间控制，且反复发作，持久不愈；检查咽部无异常的情况；用抗菌抗炎药治疗无效，此时应考虑抽动－秽语综合征。

63. 儿童"吼""喔""叫"是精神不正常吗？

一位 10 岁男儿童，开始时咽部不适，总是"吭""嗯"地清嗓子，随地吐唾沫，后发展成"吼""喔"叫，影响同学们上课，老师制止他后，他不但不听，还越来越厉害。老师询问家长是否有精神问题，且老师发现他自从出现"吼""喔"叫后，也不愿和别人玩，总是自己独在一处，学习成绩也下降了。

家长听后非常着急，意识到儿童在家也经常叫唤，但家长以为他是喊着玩，没在意。经老师提醒，家长赶紧带患儿到医院就诊。经医生诊断为抽动－秽语综合征。

小儿精神病多见精神分裂症，多有家族史。在精神刺激后易发病。初起有性格改变，不愿与朋友交往，变得孤独退缩，重复无意义的动作。不料理生活、不理发、不洗澡、生活懒散等，这些症状与抽动－秽语综合征有相似之处，但精神分裂症无抽动，而有精神活动与环境脱离，思维、情感和行为反应与环境不协调、分裂的表现。精神分裂症以幻视、幻听为常见，患儿可自述看见鬼影，听到鬼叫声等。有时为了与幻听的声音相呼应可喊出别人听不懂的声音。这种声音虽然重复，但不是单调的、刻板的。经过认真的观察及问诊，这两种病是可以鉴别的。

64. 抽动－秽语综合征与智力低下如何区别？

所谓智力是人的观察能力、注意能力、记忆能力、思维能力、想象能力等的综合。凡智力低于同龄正常儿水平者或智商落后于正常平均值标准差者均称为智力低下。多因大脑受损而致，出生前原因包括宫内缺氧、营养不良、代谢异常、遗传等。出生后原因包括中枢神经系统感染、中毒、窒息等。轻者能自理生活，可从事简单手工劳动，但记忆、理解、判断能力差，接受教育能力差，学习成绩特别是数学成绩差，缺乏创造性。重者语言、行动、发音均落后，甚至生活不能自理，不能接受教育。各种智力测验可协助诊断。

近年来虽有人认为抽动－秽语综合征与脑实质发育不良有关，但智力是否低下尚不能定论。患儿患病时确有学习困难、成绩下降、抗拒学习等表现，但可能是因不能控制的抽动或异常发声影响注意力集中，给学习和听课带来一定麻烦所引起。另外自卑心理使其躲避接触，逃离人群，进而抗拒学习。所以本病患儿学习困难不同于智力低下儿的学习困难。

65. 抽动－秽语综合征与儿童多动症有什么区别？

儿童多动症发病率较抽动－秽语综合征发病率高，所以人们对多动症记忆深刻，又因病名类似，故两者易于混淆。但其发病原因、症状体征均不相同，是截然不同的两种疾病。

儿童多动症又称轻微脑功能障碍综合征。是一种较常见的儿童行为异常疾病，智力正常或基本正常，但学习和行为及性情方面有缺陷，多数患儿从婴幼儿期即表现为易兴奋、睡眠差、喂养困难等。年龄渐大，活动明显增加，且动作不协调，精细动作如穿针、扣纽扣等有困难，注意力不集中，情绪易冲动，缺乏控制能力，平时好与人争吵，容易激动，不听话，不讲道理，无礼貌，不避危险。对指试验阳性。

抽动－秽语综合征是以肌群抽动为主要表现，部分患儿合并有多动症状。但儿童多动症绝无抽动的表现，这是鉴别的关键。

66. 抽动－秽语综合征与局限性抽搐有什么区别？

局限性抽搐的种类及部位也是多种多样的，常见如面部肌肉抽动的挤眼、呲牙、做怪相；颈部及四肢抽动的点头、扭脖、喉内异常发音、摇动手臂等。但其发作时以一种抽动为主，较固定、刻板。如单挤眼，只清嗓子等。局限性抽搐认为是功能性的病变，脑部无器质性改变。初起于精神因素或保护动作，如结膜炎或异物进入眼内而引起的眨眼动作，时间久则被固定下来成为眨眼抽搐。又如精神紧张时出现的清嗓子，每遇到生人即"吭""吭"声不停等。

两者相同处：都有肌群不自主抽动，用意志可控制片刻。同属性格内向，脾气急躁，任性固执的儿童。在抽搐的同时伴有学习落后，注意力不集中，夜惊，目的不明确地多动等。

两者不同处：抽动－秽语综合征是多组肌群的抽动在一定时期内同时出现，局限性抽搐是一组肌肉的抽动单独存在。

67. 抽动－秽语综合征与风湿性舞蹈病（舞蹈症）有什么区别？

因抽动－秽语综合征与风湿性舞蹈病均见不同肌群的不自主抽动，症状类似，客观指标有时亦无特异性区别，极易误诊。以下为其相同点及不同点。

相同点：肌群的不自主抽动。包括面部及四肢的不自主抽动，喉部肌肉抽动出现的语音障碍与精神紧张有关。睡眠时抽动消失，肌力检查无异常。舞蹈病有时血沉、抗链 "O" 在正常范围，其他辅助检查也无明显异常。

不同点：抽动－秽语综合征的抽动表现为突然产生、迅速动作、瞬间消失，虽多组肌肉均有抽动，但抽动形式在一定时期内是固定的。精细动作无异常，如能很好完成系鞋带、扣纽扣等动作，行动无异常表现，持续时间长达数年，可自行缓解或加重。男孩发病多于女孩。风湿性舞蹈病在抽动方式上亦为突发性，但一个动作持续时间相对较长，动作幅度相对较大，全身及部分肌肉抽动表现为不规则变化。上肢近端大动作如舞蹈样，动作有时不相同。足及足趾乱动，不能走直线。面部肌肉抽动也呈多变性。精细动作不能完成，甚至因口舌多动而不能进食，严重可影响日常生活。部分患者伴有风湿热的表现，但很少有关节炎的症状。约 25% 的患儿最后发展为心肌炎。血沉有时增快。多在链球菌感染后 2～6 个月发病，一般病程为 1～3 个月，可自行缓解，有时可再发。女孩发病多于男孩。

68. 抽动－秽语综合征与癫痫之肌阵挛抽动有什么区别？

抽动－秽语综合征与肌阵挛抽动皆为面部及肢体肌群的突发性抽动，且反复发作。但抽动－秽语综合征的抽动频率快，用意志可短暂控制，发作频度与情绪有一定关系。智力大多正常，脑电图无特异性改变。一般镇静药效果不佳。肌阵挛性癫痫发作时有典型临床特点：头下弯，两上肢伸展，两大腿向腹部屈曲。如突然剧烈地躯干肌肉收缩可使病儿突然摔倒，但可马上爬起。抽动频率慢，用意志不能控制，严重者可发展为癫痫大发作。发作次数越多，智力越落后。脑电图异常，可见癫痫波。用硝西泮效果较好。

69. 抽动－秽语综合征与肝豆状核变性有什么区别？

抽动－秽语综合征与肝豆状核变性均有不自主的肌群抽动，可见面部肌肉抽动和异常发音，均为儿童期发病。抽动－秽语综合征只是神经系统轻微异常，病情较轻，预后较好。肝豆状核变性则病情重，预后差，以下主要介绍肝豆状核变性，以示区别。

肝豆状核变性是一种常染色体隐性遗传病，主要累及脑基底神经节、肝脏、肾脏，由铜代谢异常而致。父母双方多为杂合体，多为近亲结婚。典型症状是手足舞蹈样不自主动作，语音不清，肌张力亢进，面部肌肉强直，呈现"面具"脸，行为幼稚。神经系统检查巴氏征多阳性。此外还有肝病症状，如黄疸、腹水、肝大、肾脏损害的表现。特征性眼部症状为角膜色素环。但此病在神经系统出现症状时要观察抽搐形式、智力情况，注意与抽动－秽语综合征鉴别。裂隙灯检查及测定血浆铜蓝蛋白、血铜、尿铜水平有特异性诊断价值。

70. 抽动－秽语综合征与痉挛性斜颈有哪些区别？

这两种疾病均可见扭颈、挺颈抽动，但抽动－秽语综合征合并异常发音及其他部位抽动，且抽动快，持续时间短，病程长，可反复发作。痉挛性斜颈多在 5 岁前发病，5 岁后可自行消失，女孩多见。发作时头向一侧倾斜，来回抽动，持续 10 分钟至 2 周不等，一般为 2 ～ 3 天，间歇期无症状，数日或数周后再次发作。主要是胸锁乳突肌阵挛而致，无其他肌群的抽动和异常发音。预后良好，无须治疗。

71. 抽动－秽语综合征为什么有时无秽语现象？

情绪激动时使用与当时场合极不相宜的咒骂语言叫作秽语症。抽动－秽语综合征早期症状是肌肉不自主抽动，未加以适当治疗，多在 3.5 ～ 5.5 年后出现秽语症。发病率男性为 28% 左右，女性为 39% 左右。所以抽动－秽语综合征早期可以不见秽语现象，甚至一部分始终不出现秽语症。故秽语不是诊断此病的必要条件，无秽语的多组肌肉抽动不能否认是抽动－秽语综合征。

72. 抽动 - 秽语综合征可以以肢体疼痛为首发症状吗？

抽动 - 秽语综合征个别病例以肢体疼痛为最初症状，应引起医者注意。特点是无明显诱因的四肢关节疼痛，渐至颈部、躯干部等。疼痛部位不固定，变化无规律。与同伴玩乐时症状减轻或消失。无其他病史。各种化验检查、X 线等均无病理表现。抗风湿治疗无效。随着病程的延长，渐出现肌群的不自主抽动、发怪声、模仿语言、吐口水、秽语等症状，此时诊断较容易。待适当治疗后，随着抽动 - 秽语综合征的好转，肢体疼痛也好转或消失。所以，对以肢体疼痛反复不愈就诊，又无其他阳性体征时，要注意观察其疼痛性质、规律及是否伴有肌群抽动症状，考虑是否为抽动 - 秽语综合征。

73. 怎样警惕以抽动和秽语为主要表现的脑炎？

患儿以发作性挤眉弄眼、肢体及躯干的抽动，伴有咒骂而就诊，症状与抽动 - 秽语综合征非常近似。但脑炎同时伴有感染的相应症状，如高热、头痛、呕吐呈喷射性。查体可见病理反射阳性，脑脊液有相应变化，脑压增高，脑电图异常。用治疗脑炎的方法进行治疗，随着脑炎的控制，抽动及秽语现象亦消失。

此现象被认为是脑炎引起的感染侵犯了基底神经节部分，造成了与抽动 - 秽语综合征相同的病理基础所导致。应注意的是，当此现象发生时，首先以治疗脑炎为主，防止延误病情。

74. 抽动 - 秽语综合征治疗时频繁换医生好吗？

抽动 - 秽语综合征是病程长、易于反复的疾病，所以在治疗期间，要克服急于求成的心理，配合医生一起寻找一种合适的药物和剂量。抽动－秽语综合征虽然有通用的治疗方法，但不是对每例患者都有效，每个医生都有自己的治疗经验和体会，当一方疗效不佳时，医生会及时调整治疗方法，直至疾病痊愈。在临床中一些家长见儿童服几次药效果不明显后，就认为这位医生医术不好，想赶紧换一位医生，屡次更换医生导致多数首诊医生都摸不准剂量及方法，对患儿也非常不利。更甚者，有的家长让儿童同时服用好几位医生开具的药，多种神经阻断剂同时服用，副作用非常明显，会导致儿童反应迟钝，目光呆滞，不能继续学业。所以，基于本病的特点，建议家长最好找一位有经验的医生，坚持治疗一段时间，不要频繁换医生看诊。

75. 抽动－秽语综合征的疗效评价标准怎么样？

抽动－秽语综合征目前国内尚无统一的疗效评价标准，查阅资料，目前常用的疗效评价标准有以下几种：

（1）以症状的改善作为观察指标。

痊愈：症状完全恢复正常者，且一至两年内发生感冒后亦不复发。

显效：病情明显好转，抽动及秽语减少 3/4 以上。

有效：病情好转，抽动及秽语减少 1/2 ～ 3/4 者。

无效：病情改善不明显者。

（2）以发作频率减少程度为主要观察指标，用录像机在患儿疗前疗后各记录 1 小时，以对比。

显效：发作次数减少 75%；

有效：发作次数减少 25% ～ 75%；

无效：发作次数减少＜ 25%。

（3）根据患儿的发声（喉声、重复语言、模仿语言、秽语）、多发性抽动部位（头面、肢体、躯干）的发作频度给以评分，计算进步率后评定疗效。参见"调肺学派抽动－秽语综合征测评"系统。

76. 抽动－秽语综合征中医治疗有哪些优势？

中医按辨证论治及整体观的原则对本病进行病因及证型的分析，根据每个病例的特殊情况参照舌质、舌苔、脉象等制定相应的治疗原则，因人而异，有目的地选择汤药、中成药，再配合小儿推拿、梅花针等方法，可在控制症状的同时，改变患儿体质，甚至对因忧郁症而致病的患儿在应用疏肝解郁法后可以使患儿性格变得开朗。在治疗过程中，根据病情变化随时更改药物。症状控制后可用扶正固本法，以巩固疗效。总之，中医可发挥整体治疗作用，通过调整阴阳，增强体质，减少复发。但汤剂口感较差，部分患儿不易接受或不易长时间接受，会影响治疗效果。因此改变剂型是当前中医儿科治疗疾病时面临的问题。

77. 抽动－秽语综合征中医辨证要点是什么？

中医认为，本病由于肝、脾、肾三脏功能失调，以肝失调最为明显，导致风、火、痰、湿，代谢失常，聚积体内而发病，故本病以风火痰湿为标，肝、脾、肾三脏失调为本。本病特点是病情复杂，往往三脏合病，虚实并见，风火痰湿并存。且证候时轻时重，变化多端。辨证要点主要在于察其脉的寒热虚实和兼症的孰轻孰重。本病来渐去缓，贵在守法守方，遵效不更方的原则，坚持治疗。必待痰浊去，风火息，筋脉润，脏气平，则病可缓解。若仅以强制之法使其安静，虽取效快捷，实难根治。应急则治其标，缓则治其本。

78. 抽动－秽语综合征有哪些中医证型及治疗原则？

（1）肝亢风动证：用清肝泻火、息风镇惊法。

（2）痰火扰神证：用清火涤痰、平肝安神法。

（3）脾虚肝亢证：用扶土抑木、补脾平肝法。

（4）阴虚风动证：用滋水涵木、降火息风法。

（5）风痰鼓动证：用祛风清痰、从肺论治法。

79. 抽动－秽语综合征与兴奋性氨基酸系统有关吗？

在中枢神经系统的发育过程中，兴奋性氨基酸对同一脑区不同时期的影响是不同的，发育早期阶段是神经营养作用，发育后期则为"促毒性"作用。兴奋性氨基酸又受人类性激素的影响，可调节脑发育。在脑发育早期，由于兴奋性氨基酸系统的过分营养作用，造成基底神经节和边缘系统神经元数目的不适当增加，这些患者可在幼儿期产生多发性抽动及秽语症状，当抽动－秽语综合征患儿进入青春期或青春后期时，由于性激素水平的变化，通过兴奋性氨基酸的间接作用机理，使原来不适当增加的神经元及过度派生的神经元突触由于其促毒性环境而部分或全部清除，使抽动－秽语综合征得以改善。这也是抽动－秽语综合征患儿在青春期会出现症状缓解的有力证据。

80. 抽动－秽语综合征与性激素水平有关吗？

国外有研究认为，在人类中，那些具有基本生殖功能的脑区可能位于基底神经节和边缘系统。这些部位的发育受性激素的控制，目前发现多发性抽动与基底神经节及边缘系统异常与"促毒性激素水平异常与多发性抽动"的发生有间接关系，并认为抽动－秽语综合征患者的抽动如触摸、摩擦、吸吮、骨盆挺伸等可能是生殖行为的不恰当表现，而秽语、爆发性发音、喘气等时亦可能是性激素水平作用不协调所致的结果。当然，这些认识有一定的片面性，目前国内国外尚未见到用性激素治疗抽动－秽语综合征的报道。

81. 脑部感染后可伴发抽动－秽语综合征吗？

脑炎后出现抽动－秽语综合征临床表现的报道国内外均有。《国外医学神经病学神经外科学分册》1994 年曾报道 Devinsk 观察到昏睡性脑炎复原后出现动眼危象的病人多有抽动－秽语综合征的表现。病理解剖学研究发现基底节、中脑盖部中脑导水管周围有病理改变。另有人报道 1 例 6 岁女孩患疱疹性脑炎后出现抽动－秽语综合征的表现，核磁共振检查提示右颞叶、基底节和丘脑有水肿区。故认为这些获得性抽动－秽语综合征患者可能与脑部感染累及基底节有关。

82. 抽动－秽语综合征与产科并发症有什么关系？

南京医科大学附属医院袁晖等报道，用 Diane 的抽动－秽语综合征评分进行对比分析，结果显示，抽动－秽语综合征患儿有产科并发症的比无产科并发症的发病年龄早，且治疗前症状评分和治疗后症状评分均高于无产科并发症的患儿，说明有产科并发症的患儿临床症状相对较重，治疗效果相对较差。故认为产科并发症可能是抽动－秽语综合征预后的不利因素。另外，国外亦有资料认为，产科并发症作为儿童脑器质性损伤的主要原因，也是导致抽动－秽语综合征发病的危险因素。

83. 抽动－秽语综合征患儿机体免疫功能是否有异常？

关于抽动－秽语综合征与免疫学的关系，很少有人报道。1996 年《中国免疫学杂志》报道了大连市儿童医院 21 例抽动－秽语综合征患儿外周血 T 淋巴细胞亚群及血清 IgE 亚类的检测情况。结果如下：患儿 T 淋巴细胞（CD_3）百分率显著降低，辅助 T 淋巴细胞（CD_4）百分率显著降低，抑制性 T 淋巴细胞（CD）百分率升高。CD_4/CD_8 明显低于正常儿童（$P < 0.01$）。血清 IgG_1、IgG_2 含量明显低于正常儿童（$P < 0.01$），IgG_3、IgG_4 含量无明显变化（$P > 0.05$）。CD_4 主要诱导 IgG_1、IgG_2 的产生，CD_4 功能低下将导致 IgG_1、IgG_2 产生障碍。以上试验研究，提示抽动－秽语综合征的发病可能与细胞免疫功能低下有关。神经、内分泌、免疫细胞分泌的免疫肽及肽受体的作用，应是相互作用、相互制约的，共同构成复杂的"网络"。抽动－秽语综合征与免疫系统的关系还需要大量研究加以证实。

84. 抽动－秽语综合征与癫痫之间有什么关系？

目前已有人提出抽动－秽语综合征与癫痫有关。临床可

见有的抽动－秽语综合征患儿以精神运动型癫痫症状就诊，服
用抗癫痫药无效，之后出现典型的眨眼、点头、坐立不安等症
状，用氟哌啶醇治疗后出现好转。亦可见癫痫病儿以眨眼、喉
中异常发声就诊，既往有癫痫史，用氟哌啶醇无效，抗癫痫治
疗后好转。由于症状交替出现或相继出现，因此引发了人们对
二者关系的重视，且脑电图有时可见类似病理表现。故有人
推测，两者之间可能存在共同的脑内病理学基础，由于损害程
度及性质的不同，而出现各种不同的症状。当损害在两种疾病
的交叉部位时，则两组症状交叉或相继出现。故在临床工作
中，要注意二者的鉴别，可用两类药物进行诊断性治疗。至于
抽动－秽语综合征与癫痫病是否存在相互诱发或其他的确切关
系，目前尚不清楚。

85. 抽动－秽语综合征与强迫症之间有什么异同？

相关处：①症状的重叠性很高。据统计30% ～ 90% 的抽
动－秽语综合征病人有强迫症状。②有些症状如重复摩擦、反
复拍击、反复触摸行为介于抽动与强迫行为之间。③家族史研
究结果发现，抽动－秽语综合征与强迫症在遗传上可能相关。
有人推论，两种疾病可能为同一基因异常的两种不同的表现形
式。④病理学研究证明，基底神经节可能是两者的共同病变
部位。

不同处：表现在抽动－秽语综合征患者有强迫行为但无强
迫观念，强迫症病人多是由强迫观念而决定的强迫行为。在治
疗上抗多巴胺药物治疗抽动－秽语综合征有效，治疗强迫症无

效；相反，5-羟色胺能药物作为治疗强迫症的首选药，对抽动－秽语综合征却毫无作用。有人推测，抽动－秽语综合征病变部位在纹状体的背外侧，而强迫症的病变部位在纹状体的腹内侧。

86.抽动－秽语综合征会出现自毁容貌综合征的表现吗?

目前有个别抽动－秽语综合征的病例出现自伤表现的报道，当出现自我伤害行为时易与自毁容貌综合征症状重叠，但两者是容易鉴别的。当多发性抽动伴自伤行为时，自伤是抽动－秽语综合征的一个症状。自毁容颜综合征不伴有抽动的表现，本病患儿在年龄很小时即有吮手指、咬手指、咬口唇等表现，继而打自己的脸，甚至损害面部组织的行为，随着年龄增长尚有从高处往下跳或用电击来伤害自己，并侵害他人的行为，多有智力障碍。其病理基础是黄嘌呤、鸟嘌呤磷酸核糖转移酶的完全缺乏。血及尿中尿酸增高。婴儿期尿布上出现橘红色物质是早期诊断的线索之一。

87. 抗病毒疗法可以治疗抽动－秽语综合征吗?

随着医学界研究的深入，抽动－秽语综合征病毒感染论也引起了大家的重视。病毒性脑炎后出现类似此病的报道已不少见；上呼吸道感染诱发或加重此病也支持病毒感染论。近来亦有人报道，对部分经常规治疗后症状无改善的抽动－秽语综合征患儿，进行有关病毒学方面的检查，发现这部分患儿病毒感染检出率很高。对病毒检测结果呈阳性的患儿，停止常规用药后，改用抗病毒治疗，一般在治疗10天左右抽动逐渐缓解，当感染被控制后，抽动便可停止，且其多动表现及行为问题的改善十分明显，患儿多能安静下来，返校学习，成绩上升，临床效果较满意。

抗病毒治疗目前无特效药，中医药在这方面已显示出相对的优势，可适当选用。

第三章
抽动－秽语综合征的治疗

88. 抽动－秽语综合征肝亢风动证的特点及治疗方法是什么？

多由五志化火或六淫引发，以致风阳暴张。此类患儿多性情固执，为木失条达，郁结不展，化火生风而致。症状包括摇头、耸肩、挤眉眨眼、噘嘴、踢腿等不自主动作，动作频繁有力，伴烦躁易怒，头痛头晕，咽喉不利，红赤作痒，或胁下胀满。苔白或黄，脉弦实或洪大有力。

治法及方药：清肝泻火、息风镇惊，用泻青丸加减。常用药：龙胆草、山栀、制大黄、防风、羌活、当归、川芎、钩藤、菊花、白芍，咽喉不利者佐以清热利咽之品如山豆根、桔梗等。

辨证用药：因肝亢风动而致，故用羌活、防风解表祛风，散之于外；当归、川芎、白芍养血润燥，疏之于内；钩藤、菊花通络解痉以制风动；肝亢化火，非苦寒泻火之品不能平，故用龙胆草大苦大寒直泻肝火；山栀、大黄通利二便，导热下行。

89. 抽动－秽语综合征痰火扰神证的特点及治疗方法是什么?

平素喜食肥甘厚味,易于生痰,性情急躁,气逆生火,痰火上扰,阳气独盛,痰蒙清窍故见头面、躯干肢体肌肉抽动,动作多而快、有力,伴烦躁口渴,喉中痰鸣,睡眠不安,舌红苔黄或腻,脉弦大而滑数。

治法及方药:清火涤痰、平肝安神,用礞石滚痰丸加减。常用药:青礞石、黄芩、制大黄、沉香末、菖蒲、郁金、陈皮、半夏、钩藤、天竺黄、竹沥水。头沉重、易困倦加温胆宁神之温胆汤调服。

辨证用药:由痰火扰神而致,故用大黄、黄芩苦寒降火以泄热;礞石祛逐顽痰;沉香降气,使上扰之痰火下行;菖蒲、郁金、天竺黄清热、豁痰开窍;陈皮、半夏、竹沥以增强化痰作用;钩藤平息肝火以制动。如有痰蒙清窍之症则用温胆汤以清热化痰宁神。

90. 抽动－秽语综合征脾虚肝亢证的特点及治疗方法是什么?

患儿身体较差,脾胃虚弱,肝木乘土,引动肝风;脾运失健,聚湿生痰而致此症。症见抽动无力,时发时止,时轻时重,精神倦怠,面色萎黄,食欲不振,睡卧露睛,形瘦性急,喉中"吭吭"作响。大便溏薄或干结,小便清长。舌淡苔薄白,脉细弱无力。

治法及方药:扶土抑木,补脾平肝。用钩藤异功散加减。

常用药：太子参、茯苓、白术、白芍、炙甘草、钩藤、陈皮、半夏、焦三仙、鸡内金、谷稻芽、生姜、大枣。病情好转后用八珍汤善其后。

辨证用药：脾为生痰之源，脾胃强健自能转输运化，痰无以生；气血充沛，五脏受荫，则肝充自平。故用党参、太子参、黄芪、茯苓、白术以健脾益气补虚；钩藤通络息风以制动；白芍、炙甘草酸甘化阴以达柔肝目的；焦三仙、鸡内金、谷稻芽增进食欲助消化；陈皮、半夏燥湿和中以除痰；生姜、大枣调和营卫以养正。诸药合用，共奏扶土抑木之功。

91. 抽动－秽语综合征阴虚风动证的特点及治疗方法是什么？

此型患儿多为抽动日久，火盛伤阴，阴血内耗，水不涵木而现阴虚风动，筋脉挛急，水不制火，虚火上炎。常见形体憔悴，精神萎弱，手足心热，挤眉眨眼，耸肩摇头合并头晕眼花，肢体震颤，汗出便干，口渴唇红，舌光无苔，脉细数微弦。

治法及方药：滋水涵木，降火息风。用三甲复脉汤加减。常用药：炙鳖甲、龟甲、生牡蛎、白芍、炙甘草、茯神木、钩藤、阿胶、鸡子黄、生地、麦冬。

辨证用药：证属阴虚而致风动，故用鳖甲、龟甲、牡蛎、白芍潜阳摄阴，镇肝息风；茯神木、钩藤通络舒筋以制抽动；炙甘草和中缓急；阿胶、鸡子黄为血肉有情之品，具填精滋肾之功；生地、麦冬以滋阴补肾。肾阴充足，水以涵木，肝火平缓，抽动自止。

92. 抽动－秽语综合征肝风内扰、痰热中阻证的特点及治疗方法是什么？

此型患儿多性格内向，情志不舒，引动肝风，肝风内扰，夹痰中阻而致。常见摇头耸肩，行路不稳，皱眉眨眼，抽动有力，舌红，苔黄腻，脉弦数而浮。

治法及方药：平肝息火，清化热痰。用宁肝息风汤加减。常用药物：琥珀末、龙胆草、白僵蚕、白蒺藜、白芍、生栀子、蝉蜕、重楼、槟榔、钩藤、白茯苓。

辨证用药：病势有难以遏制之势时，宜顿挫其势，先治其标，再从脾肾二经调治。首选琥珀末以镇静安神，抗惊止抽；僵蚕、钩藤以平肝清热，息风化痰；蝉蜕、白蒺藜以息风止痉，平肝镇静。以上诸药共同作用以抗抽动之势。龙胆草、重楼、生栀子苦寒以清肝热，直捣其本；白芍以柔肝缓其刚烈之性，亦可防辛燥之品耗散肝阴；槟榔行气以化痰；白茯苓以护脾胃。诸药合用以达快速止惊止抽之功，同时又护肝阴、保脾胃。

93. 抽动－秽语综合征脾虚痰聚、肝气失调证的特点及治疗方法是什么？

此型患儿为脾胃虚弱，失于运化，聚湿生痰，痰阻气机，肝气失调而致，故见面黄体瘦，精神不振，胸闷气短，叹息胁胀，咽中声响，抽动无力，夜睡不安，纳少厌食，舌淡红，脉沉滑或沉缓。

治法及方药：健脾化痰，柔肝息风。用十味温胆汤加减。常用药：人参、熟地、枣仁、远志、五味子、白茯苓、半夏、陈皮、枳实、甘草。

辨证用药：健脾当化其湿，祛痰当杜其源。脾气得平，痰湿得化，肝气得以条达宁谧，清静之府得以疏泄温和，痰去而意志复，风息而抽搐平。故用温胆汤以健脾燥湿，行气化痰，温胆以止抽。人参补气健脾以加强健脾助运之功；熟地、五味子以酸甘养肝肾之阴，达柔肝息风之效；枣仁、远志以宁心志，起安定心神之作用。痰热甚者去半夏加黄连（即黄连温胆汤）、瓜蒌；肝郁气滞者加柴胡；胸痹气短者加薤白；血瘀者加红花、丹参、琥珀粉；筋惕肉瞤者加明天麻等。

94. 抽动－秽语综合征肾阴亏损、肝风内动证的特点及治疗方法是什么？

此类患儿为真阴耗伤，水不涵水，虚风内动而致。常见形体消瘦，两颧潮红，五心烦热，大便秘结，肢体抽动，性情急躁，口出秽语，睡眠不安，舌红绛，状如草莓，苔光剥，脉细弱。

治法及方药：滋阴养血，平肝息风。用大定风珠加减。常用药物：生地、麦冬、麻仁、白芍、龟甲、鳖甲、生牡蛎、阿胶、鸡子黄、炙甘草等。

辨证用药：此证为肝肾阴亏、虚风内动而致。故以厚味滋补药物以滋阴养液，填补欲竭之真阴。鸡子黄、阿胶滋阴养液以息内风；地黄、麦冬、白芍以滋阴柔肝；龟甲、鳖甲、牡蛎育阴潜阳：炙甘草酸甘化阴，且以安中；麻仁养阴润燥。诸药合用则有滋阴补液、柔肝息风之功。心神不定、惊悸不安者加茯神、钩藤；血虚失养加何首乌、玉竹、沙苑子等。

95. 抽动－秽语综合征如何从肝论治？

抽动－秽语综合征患儿多有性情固执、急躁易怒的情况，而且激动、愤怒、悲哀等性情变化常是发病或加重病情的诱因。肝主情志，中医认为一些与情绪有关的疾病多责之于肝。肝为刚脏，肝主风，各种原因致肝风内动则见肌肉的不自主抽动；木克土，肝病及脾则脾运失职，聚湿生痰，痰浊阻窍则怪叫或秽语；肝肾同源，肝阴不足，肾阴虚损则注意力不集中，多动，学习成绩下降。故以肝的失调为抽动－秽语综合征的总根源，通过临床实践提出从肝论治的观点。滋肾阴，平肝阳，以达水涵木之目的，即补母强子之法；行气运脾使痰消气畅，肝疏泄之职恢复；清肺祛火以消金助木，有利于肝阴的恢复。总之，利用五行之相生相克规律进行论治，使肝阴充沛，以制肝阳，肝阳平和则肝风自止，抽动及秽语自消。

96. 抽动－秽语综合征如何从肺论治？

临床观察可见不少抽动－秽语综合征患儿的发病与感受外邪有密切关系。本病的产生主要由风痰鼓动而致。即所谓"怪病名痰""百病皆因痰作祟"。风性主动，风痰之邪久羁不去，上犯清窍则挤眉弄眼；上袭鼻窍则鼻塞耸动；上壅咽喉则咽痒不适，怪声连连；流窜经络则肢体抽动不已。本病根于肺，而肺病日久，必伤及脾，即子盗母气，使脾肺俱虚。从肺论治，治其根本，祛风除痰，痰消风去则抽动、秽语自止，随之肺脾气虚之象突出，故在病的后期要采用补法，即用补其母以益其子的健脾益肺法，使肺强脾健，卫外功能增强，则外邪难以侵入，脾气健运则痰浊无以复生，使病根治，杜绝复发。

基本方药：银花、连翘、元参、山豆根、半夏、钩藤、辛夷、苍耳子。

抽动症状控制后，用健脾化痰、补土生金法，以六君子汤为基础方随症加减。常用药有党参、茯苓、炒白术、炙甘草、陈皮、半夏等。

97. 抽动－秽语综合征如何用养血活血法治疗？

自清朝王清任以后，活血化瘀法被广泛应用于临床，在治疗儿科疾病方面亦得到很好的效果。抽动－秽语综合征以不自主抽动为主要表现。中医认为，风性善行而数变，抽动应为风证。当抽动－秽语综合征患儿伴有消瘦、面色萎黄不华、纳差等脾胃不足症状时，即为脾虚化源不足，气血生化无源导致气血虚弱所引起，气虚无力推动血脉运行而致气虚血瘀，血不养筋则表现为不同肌群的抽动。根据"治风先治血，血行风自灭"的原则，可通过养血活血法治疗抽动－秽语综合征，尤其对气虚血弱者有效。

常用药：丹参、当归、川芎、白芍、生熟地、桃仁、红花、地龙等，根据病情酌加平肝息风之品如菊花、龙骨、山牡蛎、钩藤、僵蚕等。脾胃虚弱者加用茯苓、党参等健脾益气之药物，佐以行气之陈皮、枳壳，加减化裁连续服至症状消失后，继服健胃行气药以扶正固本，巩固疗效。复发后进原方仍有效。

98. 抽动－秽语综合征如何用平肝潜阳法治疗？

抽动－秽语综合征多认为与肝风有关。小儿肝常有余，外感内伤均可使肝气亢盛，刚性之脏，易于动风，风阳上扰，伤及头面故见头面部肌肉不自主抽动，肝气不舒，肝风内动，欲畅其通达之性，故喉中有异声或口出秽语，肝阳上亢故抽动有力而频繁，声音响亮，且性情急躁、执拗，易与人争吵，甚至打架斗殴。舌质红，苔薄白或薄黄，脉弦数。用重镇之品直捣病因，用平肝潜阳法使肝风平息，肝阳潜镇，而抽动渐止，秽语渐消。

常用药物：石决明、僵蚕、钩藤、地龙、生白芍、葛根、蜈蚣、煅龙牡，在原方基础上加减，抽动症状控制后，再用扶正固本之品。

平肝潜阳法可以作为治标之法，适用于各型抽动－秽语综合征的急性期，即抽动症状最明显的时期，以达尽快止抽的目的。待抽止后，再行辨证论治。

99. 抽动－秽语综合征如何用一贯煎治疗？

抽动－秽语综合征与情绪波动关系密切，且有胸闷憋气，身体消瘦，舌质红，少苔或无苔，脉弦细者，属肝肾阴虚，肝失所养而致肝气不舒证，此时可用一贯煎治疗。一贯煎即是为肝肾阴虚、肝气不舒而设。此时的肝气不舒，不能用香燥疏肝之剂，因为气之所以滞是由阴液不充而致，用之势必使阴更耗而气更滞。而一贯煎用大量柔润养阴之品以滋肝肾之阴，独加一味川楝子以调肝木，即治本为主、少加调气之品疏肝，以达滋补肝肾之阴，养阴以舒肝的目的。

常用药物：当归、枸杞子、川楝子、钩藤、菊花、防风、柴胡、生地、沙参、麦冬等。

100. 抽动－秽语综合征如何用柴胡疏肝汤治疗？

肌群抽动伴有面色红赤，性情急躁，异常发音，高亢有力，纳呆便干，舌质红，苔微黄，脉弦，病情反复与情志因素关系密切者。此乃肝气郁结，情志不舒，肝失条达，气机不畅所致，治宜疏肝理气解郁。当用柴胡疏肝汤。

主要药物：柴胡、枳壳、香附、川芎、郁金、白芍、芦荟、旋覆花、代赭石、生龙骨、生牡蛎等。水煎服，日1剂。方中柴胡、香附、枳壳疏肝理气，郁金理气解郁，旋覆花、代赭石平肝降逆，芦荟泻火通便。气郁日久化火，内热过盛加山栀、胆草泻火清肝。全方合用，既清泻郁热，又疏肝理气，肝火泻，肝郁解，病愈而无后患。

101. 抽动－秽语综合征如何用二陈汤治疗？

抽动－秽语综合征辨证为脾虚夹湿时，可用二陈汤加减治疗。二陈汤出自宋代《太平惠民和剂局方》，是燥湿化痰的常用方。历代医家用此方加减治疗各种痰证和内科疑难病症。二陈汤由茯苓、法半夏、陈皮、甘草组成。具有健脾燥湿，行气化痰的作用。脾气健旺，运化正常则痰湿渐消，故心悸怔忡及咽喉不利好转；痰不蒙清窍，则秽语消失；气机调顺，肝风息灭，则肢体抽动自止。临床可随症加减：兼有肝郁气滞者加柴胡、枳壳；兼心血不足者加太子参、生黄芪、当归、白芍；兼胸阳不振者加薤白、生姜；血瘀者加丹参、红花、琥珀等。

102. 常用哪些中成药治疗抽动－秽语综合征？

（1）静灵口服液——用于肾阴不足者。

（2）六味地黄丸——用于肾阴不足，虚火亢动者。

（3）归脾丸——用于心脾两虚，心悸怔忡者。

（4）龙胆泻肝丸——用于肝火亢盛者。

（5）九味息风颗粒——用于虚火亢动者。

（6）礞石滚痰丸／牛黄清心丸——用于痰火扰神者。

（7）当归龙荟丸——具有清泻肝胆实火之功效，适用于本病肝火亢盛引发的抽动症。

（8）泻青丸——具有清肝泻火之功效，适用于肝经热盛、肝阳上亢之抽动频作。

（9）参苓白术丸——有健脾益气之功，用于脾气虚弱、肝木旺盛所致的抽动无力、时发时止等症。

103. 哪些单方验方可治疗抽动－秽语综合征？

（1）辛夷、苍耳子、板蓝根、玄参、北豆根、木瓜、伸筋草、钩藤、全虫等。有息风化痰、开窍醒脑之功效，适用于风痰鼓动证。

（2）当归、赤芍、生熟地、丹参、木贼草、菊花、龙骨、牡蛎、僵蚕等。具有养血活血、平肝镇痉之作用，适用于久病血虚血瘀、肝失疏泄证。

（3）丹参、菖蒲、郁金、远志、柴胡、白芍、枳壳、虎杖、甘草等。具有醒脑益智、开窍息风之功效，适用于注意力不集中、感统失调、多动症。

（4）天麻、钩藤、全虫、菊花、川牛膝等。适用于肝阳上亢、风痰鼓动之抽动症，具有镇肝息风、引热下行之功效。

（5）白芍、炙甘草、柴胡、葛根、伸筋草等。具有养血柔肝、舒筋通络之功，适用于抽动频发，阴虚，血不养筋，经络不通等症。

104. 抽动–秽语综合征中医治疗现状如何？

我国中医古代医籍对本病记载，15年亦少有报道。近15年来才逐渐对此病在病因病机、治疗原则方面形成了百家争鸣的局面。多认为本病涉及脏器包括肝、脾、心、肾；风、痰为其主要致病因素。中医发挥辨证论治的优势，在疗效方面取得了较满意的结果。以风痰立论者则从肺论治，祛风除痰，消除病因；以肝风立论者则从肝论治，平肝息风，清火安神；肝木克土，虚实夹杂者则缓肝理脾，扶土抑木；从心论治者则清心泻火，息风化痰；从脾论治者则健脾祛湿，理气化痰；从气血论治者则补气养血，活血化瘀。侧重不同，各有优势。使用频率较高的药物有：钩藤、白芍、全蝎、半夏、陈皮等。钩藤、全蝎有平肝息风之功；白芍平肝，敛阴养血；半夏、陈皮燥湿化痰醒脾。从而佐证了本病与肝、脾有关，病理因素与风、痰关系密切的学说。

105. 目前中医治疗抽动–秽语综合征存在的问题是什么？

中医在治疗本病上取得了一定疗效，但绝大多数为个案报道，缺乏大量病例疗前疗后的观察对比及实验室研究；没有统一的病名及病因病机认识；没有规范的分型论治；缺乏统一的诊断标准、疗效评定标准；观察指标多为主观症状，没有量化指标；缺乏与西医病因病理方面的对比观察结果；适合儿童服用的中药新剂型、特定药物还没有产生。

106.今后中医治疗抽动－秽语综合征需努力的方向如何？

（1）按中医证候学统一病名、统一分型、统一治疗原则、统一疗效评定标准。

（2）建立动物模型，探讨本病中医理论与现代医学生化、病理变化的关系，为中医药治疗提供相关的实验依据。

（3）建立测评系统，给予分级诊疗。

（4）筛选优良方剂，研制出专治本病且适合儿童服用的新药剂。

（5）在中药论治的同时，要注意其他影响因素，结合心理咨询、行为教育、日常护理、运动指导等方法，以提高疗效。

107. 目前西药治疗抽动－秽语综合征的情况如何？

抽动－秽语综合征是现代医学病名，其发病原因至今尚未确定。目前西医治疗均以控制症状为主，尚无针对病因治疗的报告。神经阻断剂能较好地阻滞多巴胺受体，从而控制抽搐等症状，其中最常用的被公认为有肯定疗效的药物是氟哌啶醇、硫必利。但其副作用非常明显，如锥体外系不良反应、动作缓慢、肌张力增强、张口困难等，严重者可出现智力发育迟缓、发呆、嗜睡等情况，影响后续治疗。而同时服用苯海索可减少氟哌啶醇的副作用。吩噻嗪类药物如奋乃静疗效亦可，但有人认为在控制症状及病情稳定方面不如前两药效果好。抑制多巴胺合成及耗散多巴胺作用的药物四苯嗪，在部分病人中应用亦有较好效果，但副作用亦很明显。

总之，西药作用于神经递质及受体，控制症状较快，因其作用无针对性，在控制症状的同时亦会出现明显控制正常肌群的副作用。部分病人因副作用突出或无法抵消，只好中断治疗。

108. 如何用氟哌啶醇治疗抽动－秽语综合征？

1961 年首次用氟哌啶醇治疗抽动－秽语综合征，有效率在 70% 左右，此药为多巴胺受体阻断剂。氟哌啶醇对每个病例发挥作用的有效剂量是不同的，要根据每个病例达到最大疗效但副作用最小的原则去调整剂量。一般开始剂量为 0.25mg，为了减少肌张力不全和运动不能的发生，可同时用苯海索。氟哌啶醇剂量每 5 天增加 0.25mg，直到增加至症状减少 50% ～ 70% 而又能耐受其副作用为止。通常剂量范围为每天 1.5 ～ 10mg，平均每天 5mg，个别病例需要较大剂量，待症状基本消失后需继续服药数周。然后每 2 周减药 0.5mg，直至再度抽搐，如无抽动再减 0.5mg，如症状长期缓解不发作，则终止治疗。一般用药 1 ～ 2 周后症状减轻，2 ～ 5 个月后症状消失。劳累、紧张、情绪激动和感冒时症状反复或加重，药物亦需加量，有的病人连续服用 2 ～ 3 年仍不能停药，需观察治疗。个别病例单用氟哌啶醇效果不佳时，加用硝西泮、氯丙嗪后方可奏效。

另外，值得注意的是，氟哌啶醇具有较长的半衰期，要达到稳定的治疗血药浓度约需 4 天，临床有效性肌张力应发生于服药后 4 ～ 14 天，故要更改治疗剂量最好在第 5 天进行。而停药 4 ～ 14 天后副作用消失，但症状可能重新出现，所以停药后 4 天内未出现症状反复，不能说明病情已得到控制，要继续观察。

109. 氟哌啶醇治疗抽动－秽语综合征的副作用有哪些？如何克服？

氟哌啶醇副作用较大，其中锥体外系症状和动眼危象发生率可达 13%，此药的副作用与剂量直接相关，随剂量增加而副作用加大，主要有以下几种：①锥体外系或帕金森氏样症状，如运动不全、震颤、强硬、假面具、流涎，偶伴有咀嚼困难，当剂量减少或给抗帕金森氏症药后常常有效，并于治疗后 3 ～ 4 个月减轻或消失。②静坐不能，如症状严重可增加苯海索剂量。③发生急性肌张力障碍，运动不能，痉挛性发音障碍。④迟发性运动障碍，停药后可自行渐渐消失。⑤认知障碍、口干、便秘、食欲亢进等。

总之，当病人出现认知障碍、倦怠、抑郁、恐怖、发音困难和运动障碍时，为停用氟哌啶醇的主要指征。

110. 如何用硫必利治疗抽动－秽语综合征？

硫必利是新型精神神经安定剂，可对抗脑中多巴胺活动，对抽动－秽语综合征有较好疗效。其服用方法是从小剂量开始，初始剂量多为每次 50mg，每日 3 次，连用 1 周。如症状控制不满意，服药第 2 周开始，每次 100mg，每日 3 次。1 周后症状仍不能控制需再加量，常用量为每天 300 ～ 400mg，症状明显控制而无明显副作用或有轻微副作用，且不影响正常生活和工作时为最合适用量。每天保持最适用剂量服用 2 ～ 3 个月后，病情稳定可试着减少剂量，先每天减少 50mg，1 周后病情如稳定，再减 50mg，到每天 150mg 时，维持服用一定时间，再以 1 周为单位视病情慢慢减量。在减量过程中如出现症状反跳应把药量加至原来剂量。由临床可知，疗程长才能取得较恒定的疗效。有的要坚持服用几年，直至青春期才能缓解。个别青春期亦不能缓解者，要终身服药。本品副作用较少，常见嗜睡、闭经、发胖、胃肠道不适等，一般无须特殊处理，对长期服用而剂量偏高者，注意定期检查肝功能。

111. 用硫必利治疗抽动－秽语综合征应注意什么？

硫必利治疗抽动－秽语综合征效果较好，副作用亦少见。硫必利治疗该病时有其自身的特点，应引起注意。①剂量：本品初始剂量要小，每天 75 ～ 150mg，分 3 次服用，以后渐增加。小部分患者小剂量时即有效，但大部分患者在每天 150mg 以上时，方出现症状改善，并随剂量增加疗效也逐渐显著，一般以 300mg/d 为合适治疗量。因有此特别情况，故初始剂量小症状改善不明显时，不要认为是药物无效，而是应增加剂量。②症状改善时间：达到最适量服用硫必利症状出现改善大都在服药 2 周后。然而亦有服用 1 个月仍无效，再继续服药 2 个月后症状才见好转者，且服药时间越长，症状改善越明显，1 年后改善率可维持在80%以上。故对近期疗效不显著者，不要急于换药，坚持服药2个月后随访，有望在继续服药后取得好的疗效。③疗程：硫必利长时间连续服药疗效较好。有试验证明，1年以上服药者改善率明显高于1个月服药者，说明硫必利治疗抽动－秽语综合征需要较长的疗程，才能取得较恒定的效果。④复发治疗：治疗期间因停药症状加重或复发时继续服用硫必利原剂量仍然有效，甚至有的患儿症状改善较停药前更加明显。⑤单独用药与合并其他药物，均显示良好效果，硫必利合用普萘洛尔、氟哌啶醇、丙咪嗪者改善率优于单独用药者，说明硫必利可能与以上几种药物有协同作用。

112. 硫必利与氟哌啶醇的疗效有何区别？

氟哌啶醇是西医公认的治疗抽动－秽语综合征的首选药物，其有效率多在60%～85%。服药量多在1～6mg/d，或加服硝西泮15mg/d，大部分在1～4天出现疗效。疗效出现的同时亦有不同程度的嗜睡、头昏，严重者记忆力减退、思维迟钝，影响患儿正常学习和生活。少部分合并锥体外系副作用，不能持续用药。硫必利有效率在54.5%～88.9%，口服药量多到150～450mg/d，一般服药后3～7天显现疗效。副作用较少，有轻度思睡及头昏，两者比较疗效基本相同，统计学处理无差异。出现疗效时间虽然硫必利晚于氟哌啶醇，但由于副作用轻，不影响患儿正常活动和学习，患者及家长愿意接受硫必利的治疗且易坚持服药，而且轻度头昏、思睡可在继续服药过程中逐渐消失。因此有人认为，硫必利是一种安全、有效的治疗抽动－秽语综合征的药物，可作为首选药物之一。

113. 如何用肌苷治疗抽动－秽语综合征？

由于多巴胺受体拮抗剂氟哌啶醇治疗抽动－秽语综合征的副作用限制了其临床上的长期服用，故寻找新药的意义重大。有人发现口服肌苷可使部分抽动－秽语综合征患儿症状减轻，采用双盲交叉法及非盲法试验，可以看到单独用肌苷治疗抽动－秽语综合征患者的疗效较满意，且使用安全，无任何毒副作用。

服用方法：肌苷每天 0.6 ～ 1.2mg，分 3 次口服。

效果：近期有效率在 75% 左右。通过观察证明，远期有效率略低于近期有效率。但在随访一年的患儿中，仍有 60% 的患儿在复发后单用肌苷即可获得较满意的效果。肌苷治疗不满意患儿加服小剂量氯哌啶醇（低于每天 2mg），就可获得良好疗效。

由于肌苷是参与能量代谢和蛋白质合成的药物，临床应用无副作用，既方便又实用，无效时再用多巴胺受体阻断剂。

114. 肌苷为什么能治疗抽动－秽语综合征？

肌苷是嘌呤类代谢的中间产物，活体内的肌苷主要来自腺苷脱氧酶降解。目前对肌苷作用于中枢神经系统的机理知之甚少。国外有人报道，认为肌苷能快速通过血脑屏障，进入中枢神经系统。肌苷的前体腺苷具有神经调节作用，动物试验证明有镇静、抗惊厥作用。肌苷和腺苷二者对多巴胺释放的调节作用相反，调节幅度接近，在突触部位组成微调节机制，共同参与调节轴突末端多巴胺释放。肌苷的这一调节作用，与氟哌啶醇对多巴胺的作用机理相似。所以，肌苷在多巴胺轴突末端部位起类似氟哌啶醇的多巴胺受体拮抗剂的作用，故而肌苷治疗抽动－秽语综合征应该有效。

115. 可乐定可以治疗抽动－秽语综合征吗？

小剂量可乐定有刺激突触前 α_2 受体的作用，从而反馈性抑制中枢去甲肾上腺素的合成和释放。同时还可抑制大脑多巴胺的活性，这些皆与抽动－秽语综合征发病的病理生理有关。自 1979 年有人用可乐定治疗本病以来，各种报告有效率约在 20%～50%，疗效较硫必剂、氟哌啶醇差。由于其副作用相对较轻，故对抽动－秽语综合征患者有较好的耐受性，可长期服用，当每天剂量超出 7g/kg 时，可出现头昏、低血压等。但是有两个安全问题已引起大家的注意：①突然撤药对合并高血压患者可伴发反跳性高血压，甚至危及生命。②可引起糖尿病。所以目前认为本品最好用于氟哌啶醇或硫必利等治疗无效或其他方法不能治疗的抽动－秽语综合征。

116. 如何用四氢小檗碱治疗抽动－秽语综合征？

四氢小檗碱为小檗碱氢化而成的消旋体，20 世纪 60 年代初被发现有安定作用，近年来进一步证明具有阻滞多巴胺突触前和突触后受体的功能。其阻滞受体功能与氟哌啶醇的阻滞作用性质相似。本品还可对抗机体发生的多巴胺功能增强的表现。抽动－秽语综合征的异常抽动及不自主发声，即被认为是多巴胺功能增强的表现。所以用本品可以控制症状。

用药方法：每次每千克 1.5 ～ 2mg，每日 2 次，口服，3个月为一疗程，连续服药。

效果：3 个月后总有效率为 88.7%（94/106），复查血、尿常规、肝功能均无异常。

副作用：除 15 例（共 106 例）有嗜睡外，未发现有流涎、呆滞、反应迟钝、伸舌、木僵状态等副作用。不影响正常工作和学习。

117. 西医还有哪些治疗方法？

目前国外还有以下几种治疗方法：休克疗法、二氧化碳吸入疗法、催眠疗法、抗痉疗法、中枢兴奋剂疗法、心理疗法。都有一定的疗效，但不明确，且副作用不明。

118. 如何用行为疗法治疗抽动-秽语综合征？

行为疗法的习惯颠倒训练法对控制抽动是有效的。习惯颠倒训练是利用对抗反应来阻止抽动。例如，对于抽动累及前臂伸肌的患者，每次当他意识到要发生抽动时，训练他收缩相应肌肉，这种操作是通过有意识的训练来防止和阻断抽动，从 10 例患者的临床研究看，结果显示抽动的频度减少 93%。由于病例较少，其结果仅供参考。行为疗法对抽动-秽语综合征既是有效的治疗方法，又无药物的副作用，可作为辅助治疗方法配合应用。

119. 如何用针刺方法治疗抽动-秽语综合征？

中医认为，小儿为阳盛之质，肾常不足，故先天肾精亏虚、饮食不节、阳明积热为主要诱发原因。手足阳明经皆布于头面，脑为髓之海，藏明而寄元神，督统情志及全身功能活动。阳明热盛，化火生风，或精亏髓少，元神失摄，则筋惕肉瞤，头面抽动，不能自止。肾脉入肺，循喉入咽，故喉中有异常发音。元神无主，故有秽语。临床针刺多分阳明热盛及髓海不足两证。经过针刺可使不同区域的异常脑电图随着症状的减轻而有所改善。似乎说明，通过针刺腧穴可对脑边缘系统及锥体外系统发挥作用。

120. 如何用按摩法治疗抽动－秽语综合征？

小儿推拿疗法源远流长，是建立在祖国医学整体观念的基础上，以阴阳五行、脏腑经络等学说为理论指导，运用各种手法刺激穴位，使经络通畅、气血流通，以达到调整脏腑功能、治病保健目的的一种治疗方法。

一般轻症的抽动－秽语综合征相对重症来说，肌肉抽动频次、幅度都较轻，若发现及时，通过早期的干预治疗配合小儿推拿疗法可取得很好的效果。早期干预的保健推拿方法可分为三种方式，即调肺推按法、小周天推拿法、关节运动法。

调肺推按法的一般操作流程为按揉天突穴、开气门、分胸阴阳、按弦走搓摩、点揉缺盆穴、点揉中府穴、点揉肺俞穴。

小周天推拿法的一般操作流程为开天门、分阴阳、揉太阳、运耳后高骨、调天柱、运颈椎、推龙脊、揉五脏腧穴、揉任脉。

关节运动法的一般操作流程为摇肩、摇抖肘、活腕、转髋、摇抖膝、转踝。

当然，也可以经络调理为基准，进行有针对性地组方配穴。肝经：清肝经、掐揉太冲穴、轻捋腿部肝经、运肝俞穴；肺经：清肺经、清大肠经、掐揉太渊穴、按揉肺俞穴、按揉膏肓穴、点揉大椎穴、开气门、搓两肋；脾经：清补脾、清胃经、掐揉板门穴、搓四缝、揉腹、揉脾俞穴、掐揉太白穴；经典配穴：凤凰展翅、点揉筋缩、振腹疗法。

根据患儿的不同情况使用不同的方法，最重要的是临床辨证要准确，并且始终掌握一个原则——哪抽动就不动哪。

121. 抽动 – 秽语综合征如何用耳穴贴压法治疗？

主穴：肝、神门、肾、脑。

配穴：脾、胃、皮质下、枕。

随症配穴：头面部抽动明显者加面颊、额；上肢明显者加肩、肘；下肢明显者加膝、髋；躯干抽动明显加胸、腹。

施术：以 75% 酒精消毒耳郭，取 0.6cm×0.6cm 的胶布，贴 1 粒王不留行籽压耳。每次取主、辅穴 4～6 个。根据患儿抽动部位配以相应穴位。两耳同时压籽，并嘱家长协助揉压，至耳郭发热、发胀，以能耐受为度。每日揉压 3 次，每次 1 分钟。每周更换 1 次，5 次为一个疗程。一般治疗两个疗程。

122. 如何用敷脐疗法治疗抽动 – 秽语综合征？

药物组成：天麻、钩藤、地龙、胆星各 15g，防风 20g，人指甲 5g，珍珠粉 10g。

制作方法：将上药前 6 味放入砂锅内焙干研成细末，再加入珍珠粉混匀装瓶备用。

操作方法：先用温水将肚脐洗净擦干，再将制好的细末放入肚脐孔内，填满为止，然后用胶布固定密封，每3天换1次，胶布过敏时用绷带固定，不间断直至治愈。

123. 如何用气功治疗上肢抽动？

据相关气功杂志的报道，有人用以下方法治疗手臂抽动有效。具体方法是：早晨起床后和晚上睡前练功。先静坐床上5分钟，两手向上伸平，四指靠拢伸掌，掌心相对；然后由掌握成拳，再由拳变成掌，连做20次；接着两手侧伸，掌心向下，动作如上，连做20次；再两手上举，动作如前。最后两手向前平伸，五指尽力分开，掌心相对，控制抖动，5分钟结束。

124. 如何用运眼法治疗不自主眼部动作？

（1）上下正视：睁眼和闭眼各上、下看6次，上看呼气，下看吸气，6次为1节，共做6节。

（2）左右斜视：睁眼和闭眼各左右看6次，从左到右吸气，从右到左呼气，共做6节。

（3）上左下右斜视：睁眼和闭眼各从左上方到右下方及相反方向各6次，左上到右下吸气，相反呼气，共做6节。

（4）上右下左斜视：如上，方向相反。

（5）睁、闭正视：在正前方选定一个点，如山峰、房屋、树木等，睁目凝视，然后双眼一睁一闭，睁闭1次为1节，做16节。配合呼吸。

（6）定点正视：如上选一个定点，睁目凝视该定点，自然呼吸，默数1、2、3……16。

第四章
抽动－秽语综合征的诊后护理

125. 抽动－秽语综合征的预后如何？

经过积极、适当的治疗，抽动症状可在 4～6 个月内减轻并渐被控制。一般不影响学习和正常生活，及时治疗至青春期大部分可缓解，只有少数延至成年，直至终身。实践中见到，女孩比男孩症状缓解慢；症状越复杂治疗难度越大；如伴有秽语、强迫症状、重复语言等，更需较长疗程。疗程越长，疗效越明显。总之，发现抽动－秽语综合征的患儿，要积极配合医生治疗。治疗恰当，可较快缓解。

126. 抽动－秽语综合征患儿能上学吗？

抽动－秽语综合征一般病程较长，如果发现患病就停学，势必影响患儿学业。所以，当患儿症状不重，如只有眼、鼻、口动作或四肢肌肉抽或总是动但不影响拿笔时，应主张正常上学。医生应以适当的方式告诉患儿家长及老师，其异常动作是疾病所致，不是故意的，不要因此事责备患儿，避免在其与人交往时，产生自卑心理。

当患儿异常发音太大、频率太快，而四肢抽动使其不能正常学习时，为了不影响别人和更好地治疗，可暂时休学、住院或在家治疗。当找到适宜药物及合适药物剂量使上述症状好转后，应积极入学学习。

127. 抽动－秽语综合征患儿能参加体育活动吗？

由于抽动－秽语综合征患儿多性格内向，又易产生自卑心理，容易拒绝与人接触。所以家长和老师要有意识地鼓励患儿参加正常体育活动，让其在活动中分散精力，展现自我，证明自己的能力。当患儿没有大的躯干及肢体抽动时，不必限制患儿的运动项目。当然，在不能控制的大抽动频繁发作阶段，除不要参加体育竞赛外，要注意一些有危险的运动也不宜参加，如双杠、单杠等。儿童适当参加些轻型运动时抽动可能会减少。另外，需要凝神定志的绘画、书法、编织等业余爱好，对患儿恢复也有一定益处。

推荐抽动症患儿可多参加跳绳、乒乓球、篮球、羽毛球、网球、壁球等运动，改善手眼配合以及身体协调性。

128. 抽动－秽语综合征患儿能和人正常交往吗？

抽动症较轻，行为基本正常的患儿一般不影响与周围人的正常交流和融洽相处。故家长应鼓励患儿多出外玩耍，多交朋友，期望形成外向性格，以最大限度减少抽动－秽语综合征带给患儿的不良影响。

如病情较重，会出现多组肌肉频繁抽动，伴有怪异发音及行为异常，与人交往出现困难，一方面是由于语言表达言不由衷，另一方面是由于学习成绩下降而自卑，再者因为频繁秽语及怪异行为使周围人产生讨厌情绪，这样会给患儿人格的形成带来不良影响。此时，家长应发挥亲情关系的优势，主动亲近儿童，并主动找医生改善治疗方案，大部分病例用药物是可以控制这种严重症状的。

青春期后抽动症状会得到适当控制或缓解，但由于长期的心理影响，患该病的儿童往往心理不健康，有的甚至抽动已完全停止仍不能适应社会，不喜欢或拒绝与周围人交往，形成自闭心理。少数患儿会有慢性焦虑、压抑感及情绪不能控制的情况。这些都影响了抽动－秽语综合征患儿的正常交往，使自尊受挫或被排斥在集体之外。

此时除积极药物治疗外，还需要心理干预，并鼓励儿童大胆说话，有疑问多请教，家长和周围人的爱心可给患儿创造一个温馨的环境，有利于患儿病态心理的恢复。总之，对抽动－秽语综合征患儿，在积极控制症状的同时，要鼓励患儿与他人正常交往。

129. 抽动－秽语综合征对患儿心理有哪些影响？

抽动－秽语综合征患儿所表现的症状常使他们远离同龄人，在家里和学校中，他人对患儿抽动症状的紧张心理，可增加患者的心理痛苦，使患者有受害感和易于发怒。在焦虑、抑郁、疲劳和注意力集中困难方面也较正常儿童多。伴有多动行为的抽动－秽语综合征患者更易发生心理学问题。青春期后，由于被同龄人理解和接受的要求增加及求知求学欲的增加，在病情不控制的情况下会使患者在青春期更加痛苦。面对课堂上难以控制的症状，患儿会退缩或变得害羞、孤独，患儿的自尊心会受到不同程度的伤害。

随着病程的延长，患儿心理问题越显重要。所以，当发现患儿出现心理问题时，要及时找心理医生协助治疗，对单纯不作为、期待所谓"奇迹"发生的家长，在此劝告要正确面对，积极治疗，以期早日康复。

130. 抽动－秽语综合征对患儿智力有哪些影响？

抽动－秽语综合征患病后及治疗过程中对智力有什么影响呢？国内有人用中国比内氏智力量表对明确诊断为抽动－秽语综合征的患儿进行测验，以探讨该病病程、年龄、药物等因素对患儿智力的影响。测查内容包括语言能力、空间结构能力、计算能力、记忆能力。按量表要求不同年龄从不同题目开始，连续做 5 个题失败则终止测验。结果发现 16 例抽动－秽语综合征患儿平均智商 93.9。其中既无智商低下者，也无智商优秀者。50% 在正常智商范围的中、下水平和临界水平。病程 1～2 年组与 2～4 年组比较，智商无明显差异，说明病程对智力无明显影响；起病年龄在 10 岁前组与 10 岁后组智商无差异；服氟哌啶醇组与无服药组之间智商无差异；脑电图异常与脑电图正常者之间智商未见差异。说明起病年龄、脑电图是否正常、是否服氟哌啶醇等对抽动－秽语综合征患儿的智力均无明显影响。

131. 抽动－秽语综合征患儿家长应注意什么？

当儿童患抽动－秽语综合征被确诊后，家长要冷静。虽然此病治疗较麻烦，但大部分预后良好。特别不要在患儿面前讲此病的难治性。患儿多动及重复抚摸动作均为病理情况，并非患儿品质问题，家长见此不要认为是儿童故意捣乱，从而大声斥责。要知道，儿童对症状无控制能力，大声斥责会加重精神负担，只能使病情更重或反复。

另外，夫妻吵架、激烈动画片及电影、紧张惊险的小说等均对儿童不利，家长要尽量避免此类因素对患儿的影响。个别患儿有自残及伤害他人行为，家长要把利器、木棒等放在适当位置，不让儿童轻易拿到。另外，也不要认为儿童有病就过分溺爱、顺从，此类患儿多任性、固执，如不注意纠正，易有不良倾向。

132. 抽动－秽语综合征患儿的居室环境要注意什么？

抽动－秽语综合征患儿的居住环境除需一般的注意开窗通风、保持一定的湿度和温度以外，还要强调的是要环境安静，减少噪音。

频率高低不一、振动节律不齐、难听的声音叫噪音。噪音是一种公害，过强的噪音会打乱人大脑皮层兴奋与抑制的平衡，影响神经系统正常的生理功能，损坏健康。长期生活在较强的噪音里，使人感觉疲倦、不安、情绪紧张、睡眠不好、疲乏。严重时则头晕头痛、记忆力减退。抽动－秽语综合征患儿本来就是中枢神经系统功能紊乱导致的，如噪音长期干扰，必将加重病情或诱发病情。所以，当儿童患有抽动－秽语综合征后，要保证居室安静，尽量减少噪音，如空调、冰箱、洗衣机等要离患儿居室远些；不要大声放摇滚乐、打击乐，可适当放些古典乐、小夜曲等缓慢、柔和的音乐。使患儿生活在一个安静的环境中，有利于神经系统的镇定，从而促进疾病的恢复。

133. 为何抽动－秽语综合征患儿的睡眠不踏实？

研究认为，有相当一部分抽动－秽语综合征患儿伴有睡眠障碍，而睡眠不好又有碍疾病的恢复，所以很好的睡眠对此病患儿很重要。

首先养成按时睡眠的好习惯，形成生物钟现象。不要熬夜，争取晚间 10 点前入睡，睡时环境要安静、无光，全身放松。另外白天多参加体育锻炼，让身体有些疲乏感后睡眠更好。睡前不吃东西，不喝茶，不吃巧克力等使大脑兴奋的东西。养成睡前用温热水烫脚的习惯，也有利于睡眠。

向右侧卧的睡眠姿势对安睡有好处。右侧卧不挤压左侧的心脏，有利于血液循环；较多的血液流经右侧的肝脏，可加强肝脏的代谢功能亦有利于胃肠食物向下运动。

不要蒙头睡，因为随着呼吸，氧气会越来越少，二氧化碳越积越多，可引起大脑缺氧，对脑功能不利。不要趴着睡，这样会压迫心脏，影响心、肺功能。

睡眠时间不是越长越好，要克服睡懒觉的不良习惯，以保证下次睡眠的质量。

134. 抽动－秽语综合征患儿的老师应注意什么？

老师大部分时间是直接面对学生的，加之老师更善于观察学生的面部表情、肢体动作等。当上课本应聚精会神时，有的同学出现挤眉弄眼、咧嘴耸鼻或有不该有的肢体动作时，先不要批评，应认真观察，如频繁交替进行（无规律性），或有异常喉音时，要考虑到儿童可能为病态，提醒家长及时到医院就诊。

当确诊为抽动－秽语综合征后，老师要有爱心，对患儿更加爱护，并提醒同学们不要因患儿的怪异动作而哄笑、讥讽、看不起。要主动与患儿接触，帮助其解决由于疾病带来的生活和学习上的不便，如帮助打饭、补课等。在学习上有所进步时，要及时鼓励。家庭和学校社会的温馨对患儿心理健康的发育非常重要。

135. 抽动－秽语综合征患儿自己应该注意什么？

抽动－秽语综合征儿童可在学龄前起病，但患病期多在学龄期，这个年龄的儿童，具备了一定的思考判断能力，家长要把此病适当地告诉儿童。当知道自己的疾病后，充分调动其主观能动性，对疾病的恢复是有好处的。为了尽快恢复，建议儿童要做到以下几点：①树立战胜疾病的信心，了解自己的病是可以治好的，积极主动地配合家长和医生的治疗。②了解自己的不可控症状是因疾病而致，就像头痛时捂头一样自然，同学们是可以理解的，不要自己看不起自己。主动和同学交往，以增进友谊。③当影响学习使成绩下降时，要知道这是暂时的，通过加倍努力后会追上或超过别人。能够和其他同学一起学习、毕业就证明自己有毅力有能力。④避免情绪波动。平时少看电视，不玩游戏机，不看恐怖影视剧。和同学和善相处，不打架斗殴。⑤预防感冒。早睡早起，锻炼身体，少到公共场所，及时增减衣服等。

136. 哪些食物适合于抽动－秽语综合征患儿食用？

母鸡、牛肉、兔肉、鸭肉以及淡水有鳞鱼可以吃，牛奶、鸡蛋、豆制品可以吃；水果适量吃，吃应季水果，桃子、荔枝、樱桃少吃或暂时不吃，火龙果可以吃，夏季可以吃西瓜，其他季节不吃；菌类暂时不吃；绿色蔬菜可以吃。

主食多样化：大小米、小麦以及其他杂粮，山药、藕、白薯、马铃薯、土豆、南瓜等碳水化合物交替搭配，替换米面。大枣少吃。可以喝绿豆汤（和中药间隔30分钟以上，食药同源）。

吃多种颜色的食物，特别是白色食品，如梨、荸荠、百合、山药、银耳等。

137. 哪些食物不适于抽动－秽语综合征患儿食用？

煎炸类食品：此类食品干燥，燥则伤津，使本已虚之阴津再耗，则对病不利。

肥甘厚味：油腻香甜的食物易生痰浊。

生冷食品：生冷伤脾胃，使脾胃运化失常。

腥发之物：诱发过敏，降低免疫力。

发物包括所有海产品以及淡水无鳞鱼、公鸡、羊肉、香菇（除香菇以外其他菌类少吃）、香菜、香椿等均不吃。

鹅肉、鹅蛋、羊肉、狗肉、猪头肉、猪耳朵、驴肉等不吃。

刺激性食物不吃，包括辣椒、韭菜、蒜苗、葱、姜、蒜（忌食生的）。蒜苔烧熟可以吃。

兴奋性食物及饮料不食，如巧克力、咖啡、碳酸饮料、浓茶。

热性水果如芒果、榴莲、荔枝、车厘子、丑橘暂时不吃；桃子、荔枝、樱桃少吃，或暂时不吃。

生冷食物不吃。

138. 预防外感能减少抽动－秽语综合征发作吗？

文献报道，感冒是抽动－秽语综合征的诱发原因之一，当服药使大部分症状得到控制后，一次外感又可使症状加重，所以预防感冒可以减少抽动－秽语综合征的发作。适当运动可提高机体免疫力；及时加减衣服以避免着凉受热；流感流行期间不到或尽量少到公共场所；一旦有感冒症状也不要着急，尽快用药物控制症状，如滴眼药水防结膜充血诱发眼部症状，含片含化以减轻咽部刺激症状。同时用抗病毒药物，目前以中药汤剂效果最好，可减轻或防止病毒血症，保护脑组织，防止抽动－秽语综合征的再发或加重。

139. 及时接种疫苗可减少抽动－秽语综合征的发作吗？

国内外资料均显示，某些传染病是多发性抽动发作的诱因。特别是一些病毒性传染病，如病毒性肝炎、腮腺炎、风疹、水痘、各种脑炎等。还有人推测，病毒感染可能是中枢神经系统纹状体功能与结构损伤的主要原因之一。疫苗分为活疫苗和死疫苗，活疫苗接种时可能引发儿童本体的免疫反应——

发热，除出生必接种的几种疫苗外，建议暂缓接种，待抽动症治愈后再补齐；死疫苗常规来说不会有影响。及时服用中药汤剂以尽快代谢病毒，祛除病毒感染，减弱病毒对机体的损伤。

140.做好孕期保健可降低抽动－秽语综合征的发病率吗？

越来越多的人认识到，产科伴发症可能是抽动－秽语综合征的病因之一。许多患儿有剖宫产史、难产史、生后窒息史、母先兆子痫病史、新生儿高胆红素血症病史及母孕期高热史。所以妇女怀孕后，要做好孕期保健，预防病毒感染，防止妊娠子痫，规律检查胎位，尽量避免难产的发生，非不得已不做剖宫产手术。减少这些不利因素，有可能减少抽动－秽语综合征的发生率。

141. 睡觉不踏实、好动、总抖腿和抽动－秽语综合征有关系吗？

儿童睡眠不安稳多与饮食相关，所谓"胃不和则卧不安"就是这个道理。一般情况下，建议儿童晚饭不要吃得太饱，更不要吃油腻类的食物，这些都会增加消化功能的负担。儿童消化功能若在睡眠时间内仍努力工作，势必影响气血的流动，出现以上类似睡眠中来回翻滚、伸胳膊、踢腿等现象，但这并不是由于抽动症导致的。

此外，尽量避免让儿童在白天过度劳累或受到过量刺激、惊吓。平时活动时，尽量以小剂量运动为主，不要大量出汗导致过度疲劳；并且尽量保持平和心态，减轻儿童心理负担和社会压力，这样才能保证儿童的睡眠质量。

142. 为什么抽动－秽语综合征的儿童易脾气急躁？

其实这是一个倒置问题，更多的是因为儿童本身长期脾气暴躁才导致了抽动－秽语综合征的出现，进而形成恶性循环。当然，儿童脾气暴躁主要有两个方面原因，第一就是父母一味地宠溺儿童，一旦需求没有得到满足或者没有受到足够重视，儿童就会发脾气，导致情绪管理失控；第二就是儿童体内脏腑功能出现紊乱，情绪与脏腑有着紧密的联系，"脾气"其实不光是情绪的宣泄，更多的是运转功能的失调。随着社会的发展，我们日常生活的饮食习惯却越来越糟糕，虽然表面上看种类繁多，但其实健康的食物越来越少，结构也越来越单一，对胃肠道有益菌的合成造成一定障碍。在这样的饮食结构下，儿童的脾气也会因为肠道菌群的失调，越来越难以控制。

在治疗过程中，除了临床用药以及其他辅助治疗方法外，还需要强调，作为家长一定要配合治疗且在日常生活中，帮助儿童管理情绪。首先，一定要对儿童有耐心，用家长的耐心去影响儿童的品性；第二，一定要言出必行，这样不仅可以以身作则，更可以让儿童树立处事原则；第三，不要把自己的意愿强加给儿童，总是逼迫儿童做他自己不情愿的事情一定会适得其反。让儿童在不违反原则的情况下，尽量按自己的意愿行事，儿童不但会开心、乐观，还能养成独立、有主见的性格。

143. 抽动－秽语综合征的儿童一直都有鼻炎，或鼻子不舒服是什么情况？

并不是所有抽动－秽语综合征患儿都有鼻炎，但是从我们大量的临床案例中发现，绝大多数的抽动－秽语综合征患儿都有呼吸系统和消化系统陈疾，而鼻炎又是呼吸系统中最为常见的一类疾病。

144. 为什么抽动－秽语综合征的儿童很容易过敏？

抽动－秽语综合征本身就是儿科疑难杂症，是脏腑功能紊乱的一种证候表现，而人身体免疫平衡的维持需要所有脏腑功能正常运转，人体发生任何病症时都会导致免疫缺失。其实过敏本身也是一种免疫反应，我们都知道人体有免疫系统，感冒后我们就会说免疫力降低了，那么，免疫力到底是什么呢？它是我们身体里的保护装备，而且是疾病侵入身体的第一道防线。这些"装备"包括了皮肤、消化道、鼻咽部等。即使是我们身上的器官，免疫系统也会出错，首先它会亢奋，想要表现一下，在外来物质进行不正常的攻击时也就出现了"过敏反应"。

换句话说就是儿童可因过敏产生抽动－秽语综合征，也可因抽动－秽语综合征引发过敏反应。

145. 抽动－秽语综合征能自愈吗？

现代医学在临床上拿抽动－秽语综合征几乎没有任何办法，所以很多临床医生都会说，一旦儿童过了青春期，随着本体激素分泌水平的改变，都会产生不同程度的缓解，甚至可以不治而愈，但其实大错特错。在这里我们首先要声明，抽动－秽语综合征自愈率是一定有的，但由于自愈条件相对来说比较苛刻，大概不超过患病总数的5%，因此并不是所有病例通过自然过渡就可以自愈。而且该病本身也不是青少年独有的疾病，成年后罹患此病的也不在少数。自愈条件包括以下几点：

（1）大部分抽动－秽语综合征患儿都非常敏感，且智力与常人无异，对于情感的反馈感知非常细腻，细小的波动都可以产生波澜。现代社会中，学生学习面临着非常大的压力，而且儿童的家长也都有不同程度的社会压力，在双重压力感知下，对于抽动－秽语综合征患儿群体来说无异于雪上加霜。因此，要注意减轻相应的学习负担和压力。

（2）虽然抽动－秽语综合征发病率近年来逐年增高，但是仍有很多人并不知道此病，也不清楚该种疾病的具体表现，在日常生活中会对该类病症的患儿投以异样的眼光，甚至产生不必要的误会，此种情况不胜枚举。这样的"特异眼光"不仅会让患儿感受到异常，更让病患的家属饱尝无奈与心酸。因此，增强对于抽动－秽语综合征的认知，并加强社会和家庭的关爱与包容。

（3）任何疾病都与自身免疫相关，免疫力就是我们防卫疾病的能力。当自身的守护系统出现问题时，各种各样疾病的出现都不意外。稳固和调节自身本体才是正道，固本培元方为上策。

146. 为什么抽动－秽语综合征患者在服用中药期间会有加重反应？

很多患者在服用中药后都会出现一些不同程度的"冥眩反应"，心理上不免产生一些恐惧和抵触情绪，其实大可不必，在这里我们给大家具体解析一下冥眩反应的相关内容。

中药的冥眩反应也称为整健反应或好转反应，药物在发挥显著功效的同时，也宣示着其本体健康状况不佳，这绝不是副作用，更不会因此使病情恶化。好转反应通常会持续 3～7 天，之后就会自然消失，较为强烈的表现也就只持续 2～3 天而已。当然，不是每个患者都会出现这种现象，会因个人体质而定，不过无论如何都不会使病情出现恶化现象。因此，出现强烈好转反应的人，仅提示其本体健康情形不佳。

一般轻度好转反应有：咽痛、喉干舌燥、头晕、倦怠、酸痛、肩颈发硬、腹泻、轻度腹部不适、排气增多等。

较重的好转反应有：头痛、头重、肿胀、头晕、发烧。皮肤反应如湿疹、关节痛、血压瞬间升高、嗳气（长出气）、胸口憋闷、呕吐、食欲不振等。

好转反应并不是副作用，当好转反应消失后，身体将会变得轻松、健康起来，免疫力会得到进一步的提升，如果好转反应情况较重，亦可及时就诊调整用药方式或种类，防止症状进一步演化，以求更好的方式改善病情。

147. 为什么有些抽动－秽语综合征患者服用中药时会脸色不好？

这也是药物冥眩反应的一种表现，儿童的面色很容易因身体的变化而改变，尤其是抽动－秽语综合征的患儿陈旧性疾患较多，在中药的刺激和作用下，会出现一定的好转反应。而多数抽动－秽语综合征患儿都有消化系统以及呼吸系统问题，儿童的左侧脸颊反应的是肝的功能，右侧脸颊反应的是肺的功能，一旦出现药物冥眩反应，很有可能首先刺激消化以及呼吸系统而出现相应变化，这一变化主要凸显在儿童的面颊上，进而表现出儿童整体脸色不好看的情况。不过不用担心，好转反应并不是副作用，一旦好转反应消失后，儿童的身体将会逐步好转起来，脸色也会转归至正常。

148. 为什么抽动－秽语综合征患者服用中药后会拉肚子？

抽动－秽语综合征本身属于肝风证范畴，也属于热证范畴，《内经》云：肝为将军之官，谋虑出焉，又为"有泄无补之脏"。因此，在治疗肝风证时，多用药性偏寒凉的药物，以起到引热下行的作用。当抽动－秽语综合征的患儿服药后出现拉肚子的情况时，首先要观察和询问儿童是否有腹痛的表现，如果只是大便频次增加、不成形，并无腹痛情况的出现，那便可放心服用药物；一旦出现拉肚子并伴随腹痛的情况，一定要查明原因，是否由日常饮食或其他原因所引发，如许多抽动－秽语综合征患儿都有陈旧性消化系统疾病，尤其常见肠系膜淋巴炎，其主要临床表现就是腹痛。排查之后再进行针对性地调整，即可使这一症状消失或减轻，大部分无伴随腹痛患儿，经过一段时间的治疗，拉肚子现象可消失。

149. 抽动－秽语综合征患者如何护理？

任何疾病的护理都要从其发病机理入手，这样才能达到事半功倍的效果，尤其是像抽动－秽语综合征这类的疑难杂症，更需要多维度、多学科的知识来辅助，方能做到精确护理。一般情况下，疾病护理都要从最基础的"衣、食、住、行"来入手，下面我们进行逐一分析：

衣——儿童穿衣根据季节的不同，选择也有所不同，但总体原则是尽量选择比较贴身、材质比较柔软的衣物，一来是儿童皮肤娇嫩，柔软的材质可以更好地保护皮肤；二来是儿童活动量大，衣物不合身比较不方便。重点是要防护感冒，临床中大量数据显示，抽动－秽语综合征患儿一旦感冒，症情都会反复甚至加重，因此，防护感冒变成了重中之重。很多家长不知道儿童是否穿多穿少，在这里告诉大家一个核心要素，就是可以触摸儿童后颈部，只要摸起来觉得寒凉，那肯定是给儿童穿少了；摸起来觉得温热，那便是给儿童穿多了，要注意随着儿童的体感温度随时增减衣物。

食——抽动－秽语综合征患儿多数饮食习惯不好，基本都有挑食、偏食的坏习惯，长此以往会给身体带来很不好的影响。随着社会的发展，人们的饮食结构反倒是越来越单一，高油高脂、味甘肥厚之品居多，无论是主食、荤腥还是素食，都使得胃肠道只能消化和吸收相对较为细致的食材，对于较硬或纤维较粗的食物难以消化和吸收。因此，尽量让抽动－秽语综合征患儿吃多样性的食物，并保持低油低脂低糖的习惯，以保障肠道有益菌的合成功能。

住——对于抽动－秽语综合征患儿来说，整体体质还是偏阴虚内热型，对于此种患儿还是要求以滋阴降火为主，要达到这样的效果，从日常作息上就要求儿童一定要养成早睡早起的好习惯。很多家长认为自己的儿童并不会熬夜，而且睡眠的总时长是够的，但其实根据中医学角度来说有"子午流注"的时间理论，认为一旦儿童每天都是超过晚上 10 点入睡，其实就等于在熬夜了，长期入睡时间过晚会导致儿童的阴液受到不同程度的损耗，也就加重了阴虚内热的情况。

行——大量的临床数据显示，在儿童进行合理的、不过量的适宜运动时，能够很明显地减轻抽动症状，而且养成良好的运动习惯，对于身心健康发展都大有裨益。一般我们推荐儿童多做跳绳、挥拍类运动，如乒乓球、羽毛球、网球等，也可以尝试骑自行车、游泳等有氧运动。

150. 抽动－秽语综合征需要长期吃药吗？

目前的临床医学证据表明，现代医学并没有任何针对抽动－秽语综合征的有效药物，甚至在使用一些精神抑制药品来企图压制抽动症状，往往适得其反，使症状进一步加重和反弹。而用传统中医中药的方式治疗，有非常多的临床数据支持，验证了以中药为主的治疗方式的有效性。当然，抽动－秽语综合征作为儿科的疑难杂症，肯定不是短时间内能够彻底治愈的，是一个相对漫长的过程，有些病症较轻、护理得当的患儿可以几周之内治愈，但也有相当一部分患儿本身体质较差，加之护理不得当，以致病情迁延不愈，临床上亦有治疗十年左右的案例。

很多家长都会担心，长期服用中药是否会有副反应，其实大可不必担心，因为中医中药经历数千年的传承，在辨证以及组方上都有着非常成熟的方式方法，尤其儿科用药，讲究点到即止，准确性更高、更安全，对医生的水平要求也很高，这一点还请家长无须担心。

影响儿童生长发育的因素有很多，生活环境、饮食结构、睡眠质量、遗传基因等，长期处于生病状态当然也是比较显而易见的因素。而中药本身并不会造成这种副作用，除非是药物使用不得当，导致病情持久不愈，最终影响了儿童的身体发育。

151. 治疗抽动 – 秽语综合征的药物里面有很多动物药，长期服用是否有毒副作用？

在治疗抽动 – 秽语综合征的中草药里，根据不同大夫的辨证和用药习惯，会有很多种动物药的出现，例如土鳖、全蝎、蜈蚣、龟甲等，根据配伍的不同，作用也有所差异。一般肝风内动、昏厥、抽搐等一系列神经系统症状常用全蝎、蜈蚣等，治疗急慢惊风，当然这里也不是说只有虫药有此类效果，其他中草药也具有同样效果，不过虫类药在这方面的效用较佳且可靠，用之往往得心应手。经过配伍之后的虫类药不仅能够消除其毒性，更能够发挥其应有的作用，因此不必担心长期服用会有毒副作用。如果担心"有毒"，可以做相关的化学检验，检查肝肾功能是否出现异常。

152. 抽动 – 秽语综合征治愈后是否会复发？

大量临床数据显示抽动 – 秽语综合征患儿在临床治愈后，只要出现感冒或者饮食不节，都会呈现不同程度的症情反复，而这种情况也属于正常现象。因为即使抽动症状完全消除，体质情况也没有得到完全改善，或者说短期内并没有得到完全改善，仍然需要一段时间的护理和调养，一旦开始骄纵生活，依然会有反复的可能。我们强调，一定要在治愈之后，依然保持之前的诊后护理原则不变，持续 1～2 年，方可彻底改善体质，从而不易使病情反复发作。

153. 抽动－秽语综合征会遗传吗？

目前没有有效临床数据显示抽动－秽语综合征有显性遗传，不过确实有一部分患者的长辈就患有抽动－秽语综合征，而后代也患有同样的病症，但并不是所有患者都有此类现象。因此，我们推测此症是有一定遗传因素的，这些因素包括：生活环境、饮食结构、作息习惯等，都会使体质发生一定的定向性改变。因此，我们建议保持良好的生活习惯，合理调整饮食结构，可以在一定程度上预防和避免抽动－秽语综合征的发生，尤其是家族中长辈有过此类病症的家庭，更应该注意。

154. 抽动－秽语综合征治疗到什么程度可以减药？

一般情况下，抽动－秽语综合征患儿在长时间使用电视、手机、电脑等电子产品时，或感冒后以及情绪波动较大时，均会引发症情的反复或加重，如果发生上述类似情况时，症情并没有反复或加重，并且整体抽动情况也有大幅度缓解时，即可逐步减药，比如吃五天停两天或吃两天停一天。当然，减药或者停药必须遵医嘱执行，切不可自行随意变动，以免病情反复，以致疗效中断。

155. 抽动－秽语综合征患儿是否存在感统失调？

大多数抽动－秽语综合征患儿都有感统失调的问题，家长之所以察觉不出儿童哪里出现感统失调，主要原因还是不了解什么是感统失调。

感统失调全称为感觉统合失调综合征，主要指人体器官各个感觉信息输入组合，经大脑统和作用，无法指导身体对外界的知觉做出正确反应。通俗来说也就是儿童大脑在发育过程中出现的非常轻微的功能障碍，并不是传统意义上的病症。感统失调的儿童智力不会受到影响，只是儿童的大脑和身体的协调功能出现了障碍，使得许多反应表现不出来。

感觉统合是大脑的功能，感觉统合失调即为大脑功能失调的一种，也可称为学习能力障碍。常见以下情况：

（1）前庭平衡功能失常：表现为好动不安，走路易跌倒，注意力不集中，上课不专心，爱做小动作，容易违反课堂纪律，容易与人冲突，调皮任性，爱挑剔，很难与其他人同乐，也很难与别人分享玩具和食物，不能考虑别人的需要，还可能出现语言发展迟缓、语言表达困难、说话迟等。

（2）视觉感不良：表现是无法流利地阅读，经常出现跳读或漏读，多字少字。写字偏旁部首颠倒，甚至不识字，学了就忘，不会做计算，常抄错题抄漏题等。

（3）触觉过分敏感：表现为紧张孤僻，不合群，害怕陌生的环境，咬指甲，爱哭，爱玩弄生殖器，过分依恋父母，容易产生分离焦虑，或过分紧张，爱惹恼别人，偏食或暴饮暴食，脾气暴躁。

（4）听觉感不良：表现为对别人的话听而不闻，丢三落四，经常忘记老师说的话和布置的作业等。

（5）本体感失调：表现为缺乏自信，消极退缩，手脚笨拙，语言表现能力极差。

（6）动作协调不良：表现为平衡能力差。走路容易摔倒，经常出现摔伤，不能像其他儿童那样会翻滚、骑车跳绳和拍球。手工能力差、精细动作差等。

家长可以自己一一对应找寻。

156. 药食同源，应该给儿童怎么吃？

大家知道，中医治病最主要的手段是中药和针灸。中药多属天然药物，包括植物、动物和矿物，而可供人类饮食的食物，同样来源于自然界的动物、植物及部分矿物质，因此，中药和食物的来源是相同的。有些物质，只能用来治病，就称为药物，有些物质只能作饮食之用，就称为饮食物。但其中的大部分物质，既有治病的作用，同样也能当作饮食之用，叫做药食两用。由于它们都有治病功能，所以药物和食物的界限不是十分清楚。比如橘子、粳米、赤小豆、龙眼肉、山楂、乌梅、核桃、杏仁、饴糖、花椒、小茴香、桂皮、砂仁、南瓜子、蜂蜜等，它们既属于中药，有良好的治病疗效，又是大家经常吃的富有营养的可口食品。知道了中药和饮食物的来源和作用以及二者之间的密切关系，我们就不难理解药食同源的说法了。

中药与食物的共同点：可以用来防治疾病。

它们的不同点：中药的治疗药效强，也就是人们常说的"药劲大"，用药正确时，效果突出，而用药不当时，容易出现较明显的副作用；而食物的治疗效果不及中药那样突出和迅速，配食不当，也不至于立刻产生不良的结果。但不可忽视的是，药物虽然作用强但一般不会经常吃，食物虽然作用弱但天天都离不开。我们的日常饮食，除供应必需的营养物质外，还会因食物的性能或多或少对身体平衡和生理功能产生有利或不利的影响，日积月累，从量变到质变，这种影响作用就变得非常明显。从这个意义上讲，它们并不亚于中药的作用。因此正确合理地调配饮食，坚持食用，会起到药物所不能达到的效果。

卫健委公布的《关于进一步规范保健食物原料管理的通知》中，对药食同源物品、可用于保健食品的物品做出了具体规定。

157. 既是食品又是药品的物品有哪些？

丁香、八角茴香、刀豆、土人参（人参菜）、小茴香、小蓟、山药、山楂、马齿苋、乌梢蛇、乌梅、木瓜、火麻仁、代代花、玉竹、甘草、白芷、白果、白扁豆、白扁豆花、龙眼肉（桂圆）、决明子、百合、肉豆蔻、肉桂、余甘子、佛手、杏仁（甜、苦）、沙棘、牡蛎、芡实、花椒、赤小豆、阿胶、鸡内金、麦芽、昆布、枣（大枣、酸枣、黑枣）、罗汉果、郁李仁、金银花、青果、鱼腥草、姜（生姜、干姜）、枳椇子、枸杞子、栀子、砂仁、胖大海、茯苓、香橼、香薷、桃仁、桑叶、桑葚、橘红、桔梗、益智仁、荷叶、莱菔子、莲子、高良姜、淡竹叶、淡豆豉、菊花、菊苣、黄芥子、黄精、紫苏、紫苏子、葛根、黑芝麻、黑胡椒、槐米、槐花、蒲公英、蜂蜜、榧子、酸枣仁、鲜白茅根、鲜芦根、蝮蛇、橘皮、薄荷、薏苡仁、薤白、覆盆子、藿香、玫瑰茄。

158. 可作为保健食品的中药有哪些？

人参、人参叶、人参果、土人参（人参菜）、三七、土茯苓、大蓟、女贞子、山茱萸、川牛膝、川贝母、川芎、马鹿胎、马鹿茸、马鹿骨、五加皮、五味子、升麻、天门冬、天麻、太子参、巴戟天、木香、木贼、牛蒡子、牛蒡根、车前子、车前草、北沙参、平贝母、玄参、生地黄、生何首乌、白及、白术、白芍、白豆蔻、石决明、石斛（需提供可食用证明）、地骨皮、当归、竹茹、红花、红景天、西洋参、吴茱萸、怀牛膝、杜仲、杜仲叶、沙苑子、牡丹皮、芦荟、苍术、补骨脂、诃子、赤芍、远志、麦门冬、龟甲、佩兰、侧柏叶、制大黄、制何首乌、刺五加、刺玫果、泽兰、泽泻、玫瑰花、知母、罗布麻、苦丁茶、金荞麦、金樱子、青皮、厚朴、厚朴花、姜黄、枳壳、枳实、柏子仁、珍珠、绞股蓝、胡芦巴、茜草、荜茇、韭菜子、首乌藤、香附、骨碎补、党参、桑白皮、桑枝、浙贝母、益母草、积雪草、淫羊藿、菟丝子、野菊花、银杏叶、黄芪、湖北贝母、番泻叶、蛤蚧、越橘、槐实、蒲黄、蒺藜、蜂胶、酸角、墨旱莲、熟大黄、熟地黄、鳖甲。

159. 儿童总是眨眼睛是怎么回事？

中医学认为肝开窍于目，因热生风，风盛则动，故肝热则眨眼。

不仅是儿童眨眼睛，吸鼻子、清嗓子、甩头等情况也很容易被误诊。比如：清嗓子误诊为咽炎、气管炎；眨眼睛误诊为眼结膜炎；吸鼻子误诊为鼻炎；甩脖子误诊为颈椎病等等。临床研究发现，60% 以上的儿童首发症状在眼部，具体表现为不自主眨眼、皱眉、翻白眼、"做鬼脸"等，逐渐发展至面部其他部位甚至全身多处抽动。

160. 抽动症是不良习惯、小毛病吗？

这种认识是错误的，抽动症不是一种不良习惯，而是儿童不自主的运动肌肉和发声肌肉的抽动，是不受控制的。家长加强管教和过分关注儿童的症状，不会对儿童的治疗有好处，反而会让儿童更加紧张，加重儿童的症状。

161. 家长对抽动症儿童"加强管教"会起到相反的作用吗？

抽动症儿童自己是控制不住的，叮嘱儿童跟他说让他不要挤眼睛，不要点头，他暂时能控制，过一会儿后，他的症状就会加重。儿童短时间可以控制，但是长时间是控制不住的。而且经常提醒儿童，儿童也会注意到这个症状，他就会经常担心、紧张，觉得自己患了很严重的疾病，这样会增加儿童心理上的负担。

162. 为什么抽动－秽语综合征要早发现、早治疗？

在早期，发现儿童的这种症状后可及时查找原因，比如是否有个体体质、饮食作息和一些心理方面的因素，及时调整的话，效果会比较好。及时进行治疗可防止儿童一些短暂的抽动症发展成慢性的抽动症。一旦发展成慢性或者发展成抽动－秽语综合征，治疗难度就会增加。抽动症是慢性疾病，会反反复复发作，拖的时间越长治愈周期就越长。抽动症如得不到及时治疗不但难以建立自尊、自信、健全的人格，部分儿童到了青少年时期还可出现品行问题，因此家长发现儿童有抽动症倾向的时候一定要早发现早预防和及时治疗！

163. 抽动－秽语综合征治疗较晚，对儿童的危害主要表现在哪些方面？

其危害主要表现在三个方面：

（1）继发学习困难。

（2）个性发展问题。

（3）社交退缩和交往问题。

继发学习困难主要是因为患儿不自主的抽动导致上课学习时精力不能集中所致，有的患儿想努力控制自己的症状，上课时会努力地克制自己，不让这种症状发生，不让自己影响到其他同学，但是这时他的注意力就不在老师讲的课上了，而是关注自己的症状，所以听课效率降低，学习成绩就会慢慢地下降。另外，同学和老师有的时候会嘲笑或者歧视这个儿童，使得这个儿童不愿意去上学，有的儿童会跟家长反应同学嘲笑自己，表明自己不想去上学，此时就涉及到个性发展的问题了。儿童因为抽动症状，经常受到家长的责骂、老师的批评、同学的嘲笑，对儿童的身心发展产生比较大的危害，如果不能及时纠正，会影响儿童的自尊自信，甚至不能形成健全的人格，不愿与人交往，社交功能退缩等。如果没有及时治疗，会严重影响到儿童的学习和生活。

164. 儿童到底是抽动症还是多动症?

很多家长误认为多动症就是抽动症，尤其这两种疾病有一些类似动作，抽动症与多动症有何区别? 多动症和抽动症是两个不同的疾病，它们的表现也不一样，但由于抽动症有差不多30% ～ 50% 的儿童会合并多动症，有的家长一旦确诊了抽动症之后医生会告诉家长儿童还有多动症，家长就会搞不清楚。一般来说，抽动症主要是指儿童频繁地挤眼睛等一些不能自主控制的动作和发声。而多动症主要表现为上课注意力不集中、注意持续时间短暂、容易分心，还有上课做小动作、不能保持安静，老师没有问完他就开始抢答，这是一种冲动行为，还常合并学习困难、对立违抗障碍等。另外抽动症合并多动症在治疗方面也是比较复杂的，要明确首先要解决哪个问题。如抽动比较轻，就治疗以多动为主; 如果抽动比较重就以治疗抽动为主。

165. 有些抽动症患儿症状为什么会时好时坏?

抽动症症状有波动性、多变性的特点。抽动的频率及强度不定，可时轻时重，也可时多时少。抽动的表现通常以眼部、面部或头部运动为首发症状，而后向颈、肩、肢体或腹部发展，可伴喉中发音，从一种形式转变为另一种形式，也可能由简单发展到复杂，呈波浪式进展。在日常生活中，儿童抽动可能会加重，但也有可能会减轻，家长要特别注意。较常见的加重因素包括: 感冒、伴发感染、情绪紧张、压力过大、焦虑、生气、惊吓、激动或疲劳、被人提醒、看刺激性影片、打游戏时间过长等。常见减轻抽动的因素包括：放松、情绪稳定等。建议当儿童出现抽动的时候，家长不要过度的关注，不要反复提醒儿童，有时候一提醒，儿童就越紧张，可能会加重。当然，也不要过于小心翼翼，太溺爱儿童。

166. 为什么有些抽动症患儿自诉有身上痒、骨头痒等不适？

40%～55%的儿童在运动性抽动或发声性抽动之前，都有身体局部的不适感，这称为感觉性抽动，被认为是先兆症状（前驱症状），大儿童尤为多见。这些感觉包括：压迫感、痒感、痛感、热感、冷感或其他异样感。而运动性抽动或发声性抽动很可能与局部不适感相关。

167. 为什么儿童长大病情也加重了？

儿童有抽动症长大就好了吗？答案是否定的。遇到以下几种情况，随着儿童长大，病情会越来越加重：

（1）病情快速发展：

抽动症是一种儿童行为障碍性疾病，是一种突然、短暂、重复、刻板的一组肌肉或两组肌肉的抽动发作。有运动性抽动和发声性抽动，还有混合型抽动。表现有：眨眼睛、皱眉毛、咧嘴巴，吸鼻子、耸肩、甩头、点头、鼓肚子、甩手、踢腿；喉中不自主发出"哈"、"嗯"等异常声音，似清嗓音或干咳声，有的无缘无故骂脏话，学狗叫、学鸟叫；儿童的抽动症状，通常是从面部开始，逐渐发展到头部、颈部、肩部的肌肉，再严重一些就是躯干及上下肢都一起抽动，甚至混合发声性抽动。大概在 10 到 12 岁左右的时候，症状会比较严重。

（2）伴发共患病或是有情绪行为问题：

抽动症常见于 2～15 岁患儿，约 90% 的儿童在 10 岁前起病。而这个阶段，又是儿童生长发育的重要阶段，同时也是建立正常人格、自我意识形成的重要时期。很多抽动症儿童，会因为抽动症状所带来的影响进而合并其他情绪和行为问题。如注意力不集中、频繁发脾气、强迫症、攻击行为、自残、自卑、抑郁、睡眠问题等。这不仅意味着儿童出现了心理上的问题，更增加了抽动症的治疗难度。

（3）频繁停药、换药：

根据个体一人一方，按效果和节气进行调方，并坚持按时吃药和注意忌口是最根本的治疗措施。有的家长觉得短期没效果或者不理解本病，担心药物的副作用，儿童症状刚好转即停药，复发后又开始吃药，而此时往往所需药量更大。如此反复，人为地干预了治疗。

（4）家长不恰当的对待方式会让患儿抽动症更严重：

家长批评、打骂，试图让儿童改掉"坏习惯"反而会给儿童造成心理压力，越想控制，抽动症越严重，不利于康复。建议家长当儿童抽动时，不要多度地关注，不要反复提醒儿童。被人提醒、惊吓、紧张等都会让抽动症加重。

168. 抽动症儿童可以做什么运动？

抽动症患者建议适量做些运动，有助于身体康健，而且大量临床数据显示，当患儿在做运动时，抽动症状有较为明显的缓解。少量的跑跳运动和挥拍类运动都是比较适宜的选择，如篮球、乒乓球、羽毛球、网球、壁球、游泳、骑自行车、跳绳、五禽戏、八段锦、太极拳等。

169. 抽动症儿童如何用体操进行训练?

早晨起床后和晚上睡前练功。

第一节

先静坐床上3分钟，而后保持站立位将两手向上伸平，与地面平行，四指靠拢伸掌，掌心相对，尽力将两臂向前伸；然后由掌握成拳，再由拳变成掌，连做20次；接着两手侧伸，尽力将两臂伸向身体最远端，掌心向下，动作如上，再连做20次；再两手上举，两臂尽力向上伸举，与地面垂直，动作如前。最后两手向前平伸，与地面平行，五指尽力分开，掌心相对，控制抖动，1～2分钟结束。

第二节

首先跪坐在床上，在保持腿部跪位不变的情况下，将身体缓缓向床面平躺下去，待呼吸调整均匀后再做第一阶的体功操，可连续做完，亦可每次改变方向前起身休息片刻后再做。

170. 服中药时有什么需要注意的?

（1）服中药在餐后半小时即可。

（2）如果有补气的参类药物（人参、沙参、丹参、党参和西洋参等），则服中药期间不吃白萝卜，其他萝卜适量即可。

（3）切勿自行停药，何时停药请遵医嘱。患者服药期间虽然症状消失，但并未完全根治。

171. 抽动－秽语综合征患者在饮食方面需要注意什么？

（1）需要禁忌的食物

自古以来，医家都非常重视饮食对疾病的影响。抽动症患者应注意以下禁忌：①忌所有海产品：海鱼、海虾、海蟹、海带、紫菜等，河湖鲜忌淡水无鳞鱼，忌淡水虾、蟹及其他带壳类；②肉类忌：公鸡肉、羊肉、鹅肉、驴肉、狗肉等；③菌菇类忌：香菇（其他菌类如木耳等可少吃）；④忌刺激类食物：辣椒、韭菜、蒜苗、葱、姜、蒜（忌食生的），蒜苔（烧熟可以吃，病情加重时、换季时不吃）；⑤忌兴奋性食物及饮料，如巧克力、咖啡、碳酸饮食、浓茶等；⑥发物忌口，包括高热量食物及零食、香菜、香椿等；⑦蚝油少量可，红枣少吃；⑧水果忌：热性水果如芒果、榴莲、荔枝、车厘子、丑橘等；⑨有参类药物忌白萝卜；⑩忌生冷食物。

（2）可食用食物（在不过敏的前提下）

①肉类可以食用：猪肉、牛肉、鸭肉、兔肉、淡水有鳞鱼等。②瓜果可以食用：苹果、梨、香蕉、柑、柚、橙、西瓜，吃应季水果。③可以食用青叶蔬菜、根茎类蔬菜（山药、藕、白薯、马铃薯、土豆、南瓜等）、豆制品、奶制品。④绿豆汤可以喝，与药隔开一个小时。⑤建议主食多样化，多食杂粮。⑥建议食物多种颜色：白色食品如藕、银耳、莲子、百合、荸荠、白萝卜、茭白、冬瓜、梨、白果、芡实、白扁豆、山药、鸡蛋白等，黑色食物如黑枸杞、木耳、核桃、黑枣、黑芝麻、

花生、桑葚、红皮花生、黑米、黑豆、栗子等，黄色食物如橙子、小米、土豆、红薯、木瓜、南瓜、豆芽、鸡内金、蜂蜜、沙棘、花生、胡萝卜、玉米、黄豆、生姜等，红色食物如大枣、番茄、苋菜、山楂、草莓、苹果、红米、龙眼肉、赤小豆、阿胶、枸杞子、肝脏、肉类等，青色食物如菠菜、芹菜、苦瓜、卷心菜、油菜、黄瓜、丝瓜、海藻、海带、扁豆、荷兰豆、青葱、西兰花等深绿色蔬菜及绿豆、青豆、奇异果、绿茶醋。

（3）建议低糖饮食，避免高糖食物

低糖食物（适当多吃）	中糖食物（可以吃）	高糖食物（尽量少吃）
生菜、紫甘蓝、洋葱、南瓜、毛豆、黄桃、冬笋、萝卜、丝瓜、青椒、冬瓜、茄子、蘑菇、菠菜、黄瓜、冬瓜、生姜、大葱、小葱、韭菜	藕、香蕉、石榴、土豆、红薯、山药、椰子、苹果、西柚、柚子、橄榄、柿子、沙果、梨、葡萄	米线、包子、米饭、面条、蜜枣、葡萄干、柿饼、甘蔗、哈密瓜

（4）推荐适宜美食汤粥小方

1）绿豆百合大米粥

用料：绿豆100克，大米75克，百合10克。

做法：绿豆淘净，用清水浸泡2小时，捞出沥水，大米淘净，百合洗净。砂锅中放入绿豆，加适量清水烧开，放入大米和百合煮沸，改小火煮至软烂即可。

夏季可以准备荷叶一片，放入大米百合后将荷叶放在锅内同煮即可。

2）小米苦瓜粥

用料：小米、苦瓜各 100 克，冰糖适量。

做法：小米淘净；苦瓜洗净，去瓤，切丝。砂锅中倒入清水煮沸，放入小米，改用小火煮至粥稠，放入苦瓜丝搅匀，依口味加入适量的冰糖即可。

3）豆苗大米粥

用料：大米 100 克，豆苗 15 克，盐、橄榄油适量。

做法：大米淘净，豆苗焯一下捞出过凉水。砂锅中放入适量清水，等水煮开后放入大米大火煮沸，改用小火将粥煮稠，加入豆苗搅匀，依口味加盐调味，关火前倒入一勺橄榄油搅匀后关火即可。

4）绿豆菜心粥

用料：玉米渣 150 克，绿豆 20 克，白菜心 50 克（或小白菜），盐适量。

做法：玉米渣洗净，用冷水浸泡 4 小时，捞出沥水；绿豆淘净，用冷水浸泡 2 小时，捞出沥水；白菜心洗净，切段。砂锅中倒入适量清水，放入玉米渣、绿豆，大火煮沸，改用小火煮至粥稠。放入白菜心段，煮 2 分钟左右，加盐调味即可。

5）西红柿土豆排骨汤

用料：排骨 300 克，土豆、西红柿各 150 克，蜜枣 20 克。

调料：姜片、葱段、陈皮丝、植物油、盐适量。

做法：西红柿、土豆洗净，去皮，切块；排骨切块锅内放水烧开，下排骨烧开，撇去浮沫，捞出排骨放入锅中，汤留用。炒锅烧热放植物油，放葱段、姜片爆香，加土豆块、西红柿块，翻炒均匀，放陈皮、蜜枣，翻炒均匀，倒入煮排骨的汤，大火烧开，倒入锅中，大火烧沸，放盐，盖锅盖，小火炖20分钟即可。

6）银杏子鸭汤

用料：白条子鸭半只，银杏30克，枸杞子10克。

调料：盐、酱油、料酒适量。

做法：白条子鸭处理干净，切小块，焯水后捞出；银杏、枸杞子分别洗净。砂锅中放入子鸭块和银杏，加适量水、酱油、料酒，大火烧开，改小火。炖至鸭肉熟时，放枸杞子盐，炖5分钟即可。

7）雪梨粥

用料：大米100克，川贝15克，雪梨300克，冰糖适量。

做法：川贝洗净，焯后沥干；雪梨洗净，去皮、去核，切小块；大米淘净，冷水浸泡30分钟，捞出沥干。砂锅内加水适量，放入大米、川贝，大火烧沸，转小火煮45分钟左右，加入雪梨块和白砂糖，稍焖片刻即可。

8）百合粳米粥

用料：百合、粳米各100克。冰糖适量。

做法：将百合洗净，与淘净的粳米同入锅中，加适量水，先用大火烧沸，再用文火煮熟即成。

9）冬瓜丸子汤

材料：冬瓜250克，瘦肉50克，枸杞子10克。

调料：盐、鸡精、香油、味精适量。

做法：冬瓜洗净，去皮、瓤、子，切厚片；瘦肉馅加盐、酱油等调味备用；枸杞子洗净。锅中倒入适量清水烧沸，放入冬瓜片、枸杞子，煮5分钟后余丸子下锅，再煮10分钟调料搅匀，调味即可。

10）什锦小白菜

用料：小白菜100克，土豆50克，胡萝卜30克，豌豆20克。

调料：盐、香油适量。

做法：小白菜洗净，切段；土豆、胡萝卜分别洗净，去皮，切菱形片；豌豆淘净。汤锅中倒入适量清水，放入土豆片、胡萝卜片、豌豆，大火煮10分钟，再放入小白菜段，烧沸后调味搅匀即可。

11）黄瓜腐竹木耳汤

用料：黄瓜100克，腐竹40克，水发木耳20克。

调料：盐、姜末、葱末、橄榄油适量。

做法：黄瓜洗净，切片；腐竹洗净，用冷水浸泡至软，切段；水发木耳洗净，撕小朵。炒锅放油烧热，放入葱末、姜末爆香后，倒入适量清水，放入腐竹、木耳，烧沸后撇去浮沫，放入黄瓜，加入盐调味煮2分钟即可。

12）冬瓜绿豆沙

用料：鲜冬瓜肉250克，绿豆75克。

调料：红糖适量。

做法：冬瓜，洗净，去皮及瓜子，将其切成块；干绿豆洗净，有条件可去除绿豆皮。然后将准备好的绿豆放入砂锅内，加清水煎煮，待豆粒煮成豆糜状时，加进切好的冬瓜，继续煲20分钟，然后加入适量红糖调味。

13）猪肝菠菜汤

用料：猪肝、菠菜各100克。

调料：盐、橄榄油适量。

做法：猪肝洗净，切成小薄片；菠菜洗净，切成2厘米长的小段。锅置火上，倒入清汤，烧沸后下猪肝、菠菜，加少许盐，烧沸后，捞出猪肝、菠菜，汤内撇净浮沫，淋入少许橄榄油，浇入猪肝、菠菜碗内。单食或佐餐。

14）百合粳米粥

用料：百合、粳米各100克。冰糖适量。

做法：将百合洗净，与淘净的粳米同入锅中，加适量水，先用大火烧沸，再用文火煮熟即成。

第五章
抽动－秽语综合征的保健按摩

172. 抽动－秽语综合征患儿如何进行体质及等级测评？

抽动－秽语综合征主要受生存环境、生活环境和饮食环境等几个方面的影响，在治愈后，护理也十分重要，正所谓"三分治疗，七分护理"。

患者大多过敏体质，普遍患有鼻炎、咽炎等呼吸道疾病和过敏类的病症，受季节变化影响明显，在季节变化前提前做好防护。

在病症治疗同时需要家庭的精心养护，特别是在饮食忌口、辅助外治和教育及心理疏导等方面。如养护不当极易出现反复和加重等情况。

在病症治愈后需要进一步调理脾胃等方面，确保身体恢复健康并同时继续做好饮食忌口 1～2 年。

为了方便家长了解儿童自身病状和体质特点实时获取不同阶段与节气的护理须知，大家可参考使用：

（1）调肺学派抽动症等级测评

调肺学派抽动症等级测评是以"耶鲁综合抽动严重程度量

表"（此量表通过数字、频率、强度、复杂性和干扰等量纲评估抽动症状总的严重程度）为依托，结合调肺学派多年临床经验总结而成，患者可通过测评结果了解当下症状等级，依据等级情况及早进行干预和治疗。

（2）少阳学说儿童体质测评

测评依据刘弼臣教授倡导的少阳学说，精于五脏证治，针对儿童特有的生理、病理特征，并加以总结归纳得出儿科常见体质。

体质是在先天遗传背景下由后天获得的，人类个体在形态结构和功能活动方面所固有的、相对稳定的特性，与心理性格具有相关性。个体体质的不同，表现在生理状态下对外界刺激的反应和适应上的某些差异性，以及发病过程中对某些致病因子的易感性和疾病发展的倾向性。

登录"弼臣儿医"医养服务平台进行测评，测评后可参照护理建议对儿童进行合理的养护。

"弼臣儿医"医养服务平台，将中医儿科之父刘弼臣教授嫡传儿科诊疗及医养护理体系融合现代医学、功能医学和"臣字门"外治法等专业知识，与互联网技术有效结合，希望能为每个家庭的儿童健康成长保驾护航，也期待能够成为患者家长寻找的最后一个医生！

173. 何为小儿推拿与保健按摩？

许多家长都听说过"小儿推拿"，不少抽动障碍患儿也曾寻求过小儿推拿的治疗，或是到一些养生保健机构进行小儿推拿的"调理"。在现代社会当中，除了医院的"按摩推拿科"之外，许多养生保健机构也有"小儿推拿"的服务；许多医疗或者非医疗的机构甚至开设针对家长以及其他从业人员的"培训"，以致小儿推拿的市场可谓"鱼龙混杂"，导致家长无所适从。

（1）关于小儿推拿

小儿推拿是中医推拿学的一个分支，就是用推拿按摩的手法治疗儿科疾病。这里"儿科疾病"的范畴很广泛。

当代社会由于西医儿科学的发展，许多新生儿疾病或者儿童外科疾病多不以中医为主要治疗手段。古代没有现代的治疗技术，且儿童受生长发育的规律的影响，经常出现一些发病比较急骤的疾病。在古代，这时给小儿熬汤药喝往往是来不及的，只能通过推拿的手法来缓解症状，比如高热惊厥、癫痫发作、急性腹痛以及急性肾炎等病种，都可以用推拿的方法改善病情。

在当代社会，小儿推拿主要用于一些慢性疾病的治疗和保健，比如小儿反复上呼吸道感染、消化不良以及鼻炎、哮喘等各类过敏性疾病，也可用于小儿脑瘫或臂丛神经损伤等病症的康复。随着市场经济的发展和人们生活节奏的加快，小儿推拿的机构越来越多，从业人员呈现"鱼龙混杂"的趋势。

有些从业人员对小儿推拿一知半解，也不了解儿科疾病的基本发展规律，甚至毫无医学常识，这些从业人员不仅影响了行业的正常发展，也败坏了儿科推拿的声誉。家长在选择机关机构时除了去正规的中医院、诊所之外，也可以自己了解一些基础知识，在家给儿童进行保健性质的按摩推拿，或者在医生指导下配合治疗。

（2）关于保健按摩

在中医发展的历史长河中，"推拿"是较晚出现的名词，《黄帝内经》当中仅有"按摩"或"按跷"的称谓。中医的推拿按摩是指用手法治疗疾病的方法，现代的中医医疗机构当中往往设有"按摩推拿科"，那么"按摩"是怎么演变成"推拿"的呢？

在明代之前，官方的医疗和医学机构——太医署当中常设有"按摩科"，到明朝隆庆年间太医署废除了按摩科。此后按摩的发展进入低谷时期，按摩疗法也隐入民间。与此同时，出现了"推拿"一词，即拿住病患肢体进行手法操作的意思，明代以后的推拿专著大多是小儿推拿方面的著作。

到了近代，北方习惯称为"按摩"，南方习惯称为"推拿"；在民国及日伪时期，北平（现北京市）发放的医疗执照当中就有"按摩医士"的称呼，同时期上海发放的医疗执照或报刊广告上则称为"推拿医士"。

与医疗性质的推拿按摩不同，在中医发展过程当中还存在"保健按摩"的概念，就是病患自己可以操作的按摩手法，这类手法大多不会过于强调"取穴"或"腧穴配伍"，多是针对一个或者几个部位，一般是一个简短的"套路"。操作者也不必具备过多的医疗知识，只要按照步骤完成"套路"，就有一定的保健养生效果。

在本部分，我们给大家介绍的就是这种"保健按摩"，需要说明以下几点：

（1）这套按摩方法是"保健按摩"，顾名思义主要是保健之用。有些病情比较轻浅的抽动障碍患儿在接受这套手法操作之后会有症状缓解的现象，但本手法不能替代专业的推拿按摩医师的诊疗。

（2）对于病情比较轻浅的抽动障碍患儿，家长可以照本书自行操作，请务必注意手法轻柔，不要力量过大。

（3）对于比较严重的抽动障碍患儿，本套手法需配合药物治疗。

174. 家长在家给儿童做"保健按摩"时的注意事项

这套手法在创编之后，进行了一些网络和现场的教学活动，发现家长对"保健按摩"存在两个最常见的"误区"。

第一是"对未知的恐惧"：许多家长存在"害怕"的心理，觉得自己从来没有学过按摩，盲目给儿童按摩会不会"揉坏"？其实，按摩是一种纯粹的"物理干预"，不吃药不打针不破皮，没有任何东西进入儿童的体内。保健按摩操作完全是通过儿童的"自愈力"来调整身体的健康状况，依靠的是物理上的外力，即便做得不对也不会出什么问题，顶多就是无效而已。切忌：不要害怕！现在不开始就永远不会开始！

各位读者朋友不妨回想一下自己人生当中的经历：机会往往是争取来的，不去争取可能永远就没有机会。现实生活当中，许多人往往纠结于"权衡利弊"，在纠结和选择当中错失了许多机会。对儿童而言，"保健按摩"几乎没有副作用，也许"试"一下可能就会解决一些棘手的问题。我们在临床当中见过太多家长因为"怕按坏"而连开始的勇气都没有，最终导致抽动障碍的患儿症状频繁发作甚至严重影响儿童的身心健康。

第二个误区则是另一个极端——"蛮干"：保健按摩市场鱼龙混杂，有些患儿家长接受过某些非医疗机构的"保健按摩"培训，这些机构通常认为"大力出奇迹"。这不是"保健按摩"而是"暴力按摩"，许多普通人也觉得"按摩要越痛越好"，觉得没有按痛就是"没感觉"，以至于在某些非医疗机构经常见到"手指不够肘尖凑，肘尖不够上脚踩"的现象。以上显然是对保健按摩的误解，对于初学者而言，经常会怕自己的按摩没效果而盲目地加大力度，从专业角度而言，按摩的力量并非越大越好，而是要"合适"。举一个简单的例子：大家日常生活当中都有"挠痒痒"的经历，身体上有某一部分的皮肤瘙痒，挠的时候用力要"恰到好处"地搔到痒处，不能盲目用力，用力过大就会把皮肤挠痛，过小又感觉"不痛快"。

保健按摩也是如此，不是力量越大越好。小儿推拿不同于成人的是，儿童处于生长发育之中，中医认为其"筋骨柔弱""气血未定"。此时手法操作一定要"满怀爱心"，动作要柔和、舒缓。按摩推拿本身也用不着太大的力量，我经常跟病人们说："给你按摩的这个力量你自己也有，就是不知道怎么使，找不到、找不准穴位。"

保健按摩的操作不强求找到穴位，在本书介绍的"套路"当中，每个动作都规定了次数，规定次数的目的除了保证一定的刺激量之外，还可以让家长在操作手法时身心处于安定的状态，以"计数"来代替其他杂念，把注意力放在手下的感觉和儿童的身体反应上面。

175. 抽动－秽语综合征保健按摩基础手法有哪些?

"万丈高楼平地起"，再复杂的治疗手法也是由一些普通的基础动作组成的，这一节介绍一些"按"与"摩"的基础操作。家长熟悉这些基础操作之后，可以先在自己身上进行按摩，体会力度和感觉，然后再在儿童身上应用。

（1）按法：按法顾名思义，就是用手指、手掌按压身体部位或腧穴的动作。稍有些中医知识的人会知道，按压主要用于腧穴部位，本书讲的是"保健按摩"，因此默认读者没有腧穴学的知识。家长也不必过于纠结具体的穴位，操作以本书讲述的"部位"为主。

在练习的时候，家长可以平躺在床上，把手掌放在自己的肚脐与剑突之间的中点部位（即中医所谓的"中脘穴"附近），用手掌心对准中脘穴，对不准也没关系，只要把手掌放在上腹部就可以。然后慢慢用力下按，练习的时候可以选择在空腹时以及餐后，对比这两种时候肚子及手掌下的感觉。

按的时候还要注意，要"轻拿轻放"，就是慢慢用力下按、抬的时候也要缓缓抬起，不要着急和快速、猛烈地用力。

（2）摩法：摩即摩挲，是用手指或手掌在体表皮肤进行摩擦的手法。具体操作时把手放在皮肤表面，来回摩擦或者做环形摩擦运动，让手掌的皮肤和体表皮肤进行相对的摩擦即可。

无论是来回往返的直线摩擦还是环形的摩擦，注意用力要均匀，不要忽轻忽重，速度也不要太快，一般每秒 1 次即可。

（3）揉法：揉法也是手指或手掌部位的环形运动，但与摩法不同。摩法的操作是手掌与皮肤间有相对的运动，揉法则是手掌与皮肤之间没有相对运动，揉法通常比摩法力量稍大，是让手掌带动皮肤表面与皮下组织之间发生的相对摩擦。

揉法一般是环形的往复运动，注意要轻柔和缓，通常速度不要太快，以每秒 1 ~ 2 次的频率即可。练习时可以把食指、中指并拢呈"剑指"放在大腿上揉动，初学者在揉动时可能 3 ~ 5 分钟就会觉得手指酸痛。揉法也可以用手掌操作，可用手掌的大鱼际或小鱼际放在大腿上进行环形的揉动。

揉法适合肌肉比较丰厚的地方，比如腹部、后背脊柱两旁的"大筋（竖脊肌）"等部位，揉法的力量比摩法大，但注意不要用力过猛。

（4）捏脊法：捏脊法也是一种常用的小儿推拿手法，北京原有著名的"捏脊冯"，即擅长以捏脊治疗小儿体虚易感、消化不良等。捏脊法既可以配合其他手法，也可以单独使用，本身就是极好的保健按摩手法。

此处给读者介绍的是冯氏捏脊法，操作方法是：双手四指半握拳，大指叠放在食指关节处，用虎口部位捏住脊柱两侧的皮肤提起，向上或者向下提捏滚动。

提的时候注意提起局部皮肤时要轻柔和缓，动作需要慢慢进行，不要用暴力提捏。在一些捏脊教程当中，还有"三捏一提"的操作，对于初学者而言，暂时先不用这种操作，等儿童后背皮肤相对松弛之后再行操作也可以。

176. 抽动－秽语综合征保健按摩组合手法有哪些？

组合手法是由基础手法组合而成的，在本节当中记录的是一个由基础手法组成的"套路"。传统的中医小儿推拿医生要求有中医基础理论的知识，并且需要背诵一些经络穴位的内容。许多患儿家长平时忙于工作，腾出时间给儿童按摩已属不易了，且这套手法是基于中医及现代医学对抽动障碍疾病的认识来设计的，只要按步骤操作即可，简单易学。

（1）调肺按摩：调肺按摩是本套手法当中的第一个套路，弼臣学派又被称为调肺学派。顾名思义，这套手法是围绕肺的体表投影区来进行的。中医认为"百病皆生于气""肺主气司呼吸，咽喉部为肺之所系"。抽动障碍的儿童有许多伴随长出气（叹气）、胸部憋闷以及反复清嗓子等症状，许多初发的抽动障碍患儿以清嗓为主要症状。

在胸前部位还有一个重要的腧穴——膻中穴，为心包经的募穴，中医认为可包住人的喜乐情绪，有所谓"膻中者臣使之官，喜乐出焉"的说法。许多抽动障碍的患儿都有情绪方面的问题，比如脾气急、易激动甚至多动、注意力不易集中等。膻中又为"上气海"，是宗气凝聚的位置，"气海有余者，气满胸中，悗息面赤；气海不足，则气少不足以言"，有些抽动障碍患儿不爱说话、不理生人，或经常喉部抽动发怪声，都可以用调肺按摩的方法。

调肺按摩的具体步骤是：

1）按揉天突穴：天突是中医的一个穴位，在胸骨上窝的凹陷处。本手法不讲究穴位，大致位置没错就可以。家长可以先摸到儿童的胸骨，然后向上移动手指直至摸到胸骨上窝的凹陷处，用手指点揉胸骨上窝即可。许多家长会问，揉到什么时候为止？在医疗性的推拿按摩当中，会揉到手下腧穴产生相应变化为止。作为保健按摩，许多家长乃至一般的保健按摩从业人员没有这种感受腧穴局部变化的能力，只能通过"时间换空间"的方式来代替，根据我们前期的教学经验，对于 0 ～ 3 岁的儿童每个动作以 18 ～ 24 次为度，3 ～ 6 岁儿童以 24 ～ 48 次为度，6 ～ 12 岁以 48 ～ 108 次为度，12 岁以上应以

360 次为度。

2）开气门：开气门的操作以胸部膻中穴为主，具体操作时以胸骨正中线为主要操作部位，用双手大鱼际轮流沿胸骨中线向下推。

3）分胸阴阳：双手手掌贴住胸廓，指尖向上，掌跟向下；转腕，手指指向身体两侧，五指分开，指尖沿肋间隙向胸廓两侧平推。

4）搓两胁：双手扶按双侧腋下，轻轻贴住肋骨缓缓沿身体两侧向下摩动。

5）点揉缺盆、中府、肺俞

中府：两手叉腰正立，锁骨外侧端下缘有三角窝，此窝正中垂直向下平第 1 肋间隙处即是此穴；缺盆：人体的锁骨上窝中央，距前正中线 4 寸；肺俞：第三胸椎棘突下旁开 1.5 寸。食指、中指并拢用剑指揉动，找不到穴位时，按揉锁骨下凹陷处及肩胛骨喙突内侧即可。

（2）小周天推拿法：小周天，本义指地球自转一周，即昼夜循环一周；后经引申，被内丹术功法借喻内气在体内沿任、督二脉循环一周，即内气从下丹田出发，经会阴，过肛门，沿脊椎督脉通尾闾、夹脊和玉枕三关，到头顶泥丸，再由两耳颊分道而下，会至舌尖（或至迎香，走鹊桥），与任脉接，沿胸腹正中下还丹田。因其范围相对较小，故称小周天。

抽动障碍最常见的怂鼻、清嗓、摇头、鼓肚等症状都集中出现在任督二脉的循行部位上，从中医角度而论，出现脑部病变和"动作变动"的症状时都可以从任督二脉和奇经八脉论治。小周天推拿法就是沿着任督二脉循行路线进行推拿的方法。

小周天推拿法的步骤是：

1）开天门：一般用两手拇指交替从两眉中点向上推至前发际，推 24 ～ 36 次。

2）推坎宫：从眉心到两侧眉梢所成的横线为坎宫。用两拇指指腹从眉心向两侧眉梢分向推 24 ～ 36 次。

3）揉太阳：太阳穴在两眉梢后，用双手拇指或食指揉按 24 ～ 36 次。

4）揉耳后高骨：耳后有两个骨突，即乳突；在乳突后面靠近发际的凹陷处揉按 24 ～ 36 次。

（3）督脉通调法

1）揉天柱：天柱穴位于后发际正中旁开 1.3 寸处，也就是颈脖子处一块突起肌肉（斜方肌）的外侧凹陷处。俯卧，以单手拇指及食指拿捏天柱附近的肌肉。

2）揉后项：颈夹脊位于颈椎棘突旁开 0.3 ～ 0.5 寸。具体手法为双手拇指及食指对捏，从上到下揉按，不必过于纠结具体位置，只要按揉在颈椎棘突两侧即可。

3）运颈椎：手触摸到颈椎的棘突就是颈部后正中线上的骨突部位。双手按住上下椎体的骨突，轻轻前后运动；不要用暴力按压，动作要轻柔，手下感受到上下椎体有相对分离的趋势即可。

4）通调督脉：找到脊椎的棘突，从胸椎开始依次按揉棘突之间的部位，即中医"大椎"至"尾闾"的督脉穴位。再向外移动，棘突两旁肌肉比较丰厚的部位就是竖脊肌，按揉脊柱两旁竖脊肌肌肉丰厚处，肺、心、膈、肝、脾、肾俞部位即在此处。再用双手环形揉动臀部肌肉。

5）通调任脉：先以手掌放置在患儿前胸正中线上，双手交替向下擦动从胸骨推至耻骨联合为止；摩腹即以掌心对准肚脐（神阙穴），轻轻用力下按做圆形揉动；按宗筋即接前势，调整手掌位置，另指尖向上，掌跟向下（指尖向身体头侧，掌跟向脚侧），手掌下滑落至耻骨联合上缘宗筋部位，轻轻按揉。其中摩腹为保健按摩的基本方法，可以单独操作。对于抽动障碍缓解期的儿童，每日或一周3次的捏脊加揉腹是最好的保健手法。

177. 抽动－秽语综合征保健按摩有哪些注意事项？

家长在给患儿做保健按摩时，经常有急于求成的心态，我们在教学当中最常遇到的问题就是"做多少次能见效？"

保健按摩顾名思义，主要作用是"保健"，适合较轻的症状或者配合药物治疗、专业推拿医师的治疗使用，对于抽动障碍这种疾病而言，还有预防复发和日常调养的作用。抽动障碍患儿除了肢体抽动、发声等症状之外，往往有性格急躁、多动、强迫等情况，这些症状都可以通过保健按摩来调理。

抽动障碍患儿还经常有过敏、反复上呼吸道感染的情况，这些毛病看似和抽动症状无关，实际上是相互联系的。反复的上呼吸道感染和过敏会提高患儿身体内的炎症水平，让患儿的身体更容易被"激惹"，就好像夫妻吵架一样，如果"感冒""过敏"是日常小吵，而"抽动障碍"是大吵，多次的小吵就可能累积成为大吵。

对于有抽动障碍的小朋友，家长不要只盯着"抽动"的症状，一定要从整体健康的角度入手，系统观察和维护儿童的健康水平。

医疗性的按摩推拿要求手法均匀柔和、持久有力、深透渗透，家长在进行保健按摩时要注意"宁轻勿重"的原则，小儿脏腑娇嫩、筋骨柔弱，一定注意不要过于用力。刚开始可以在小儿童睡觉时进行操作，如果把小孩惊醒了就说明力量过大。有些抽动障碍的小朋友会有睡眠障碍的情况，这时可以在白天多做四大手法，注意不要在晚上临睡前给小儿童推拿。推拿按摩治疗睡眠障碍的效果也是非常好的，自己做保健按摩效果不好时也可以求助专业人士。

第六章
心理干预与行为训练

178. 抽动－秽语综合征心理干预与行为训练的目的是什么？

以增强自我意识、培养自信心和自我控制能力的训练为主线，通过强化训练提高对外部器官（手指、眼睛、耳朵、嘴巴）的控制能力，激活并控制大脑内部相应部位的脑细胞；提高对双侧大脑内部细胞的控制、综合协调活动的水平；同时开展以语言表达能力为主的思维能力训练活动，提高社会交往能力。最终改善患儿的行为"失控"现状，促进他的社会化发展。

179. 抽动－秽语综合征心理干预与行为训练内容有哪些？

以手指灵活度的强化训练和双手的协调活动能力为主，训练眼、耳接收信息的准确性及训练眼脑手、耳脑口，反馈信息的快速、正确性（科学认知：认识学具盘、几何体，识别色、形并正确分类）。在训练活动中同时强化语言训练，增强大脑内部思维的有序性和逻辑性。

（1）建立自我意识：自我意识是指自己对自己的认识和评价，是对自己身心活动的觉察，由自我认知、自我体验和自我调节（控制）构成。如课上通过游戏体验，让患儿认识并触摸指认自己的小器官，感知到它们的存在，并明确是"我"在用。在每个游戏环节中，时时引导，让其体验到自己对各个小器官的指挥和控制，并对各小器官的使用情况做出评价，强化自我意识。

（2）建立规则意识和自管意识：从儿童第一次来上课开始，就跟他明确强调要在门口敲门，每个区域是什么地方，谁能进谁不能进，别人的东西不能随便碰，如果想拿要先征求别人意见，在教室里上课时不能下座位、不能大声喊叫等。最重要的是，通过课程激发自我意识后，让其明确"我是自己的小司令"，要自己管住自己的小器官，建立自管意识，并在他管得好时，及时表扬，认可正确的行为，通过增强行为训练，不断强化规则意识和自管意识，提高自控力。

（3）提升大脑功能（包括注意力）和控制力水平：以智能学具为载体训练大脑功能。大脑功能包括对信息的接收（视听觉）、加工（大脑内部）及反馈（嘴说、手做）三个环节，我们以自我教育为核心，以智能学具为载体，通过不断地操作体验，反思悟道，迁移应用，展开训练。

通过"注意听""注意看"的视、听觉注意力指向和接收信息的训练，可提升视、听觉注意力及接收信息水平，使患儿接收信息越来越全面、准确。通过操作题型和思维训练，提高了儿童大脑对信息的加工处理水平，做事前有意识先想再做，且想问题更加有序，记忆力也得到了提升。通过智能学具的操作，训练儿童的手指灵活性、精细活动水平以及注意力和控制力。如患儿阳阳起初做 1 ～ 2 题需要 2 分 40 秒左右，而且过程中多次掉漏几何体，有的不能一次放入准确，经过一年多的综合快速操作训练，做 1 ～ 2 题平均需要 42 秒左右，现在最快能达到 35 秒，并且能拿放准确、无掉漏。器官的协调控制能力、精细活动水平、以及注意力的集中强度明显提高。

（4）提高社会认知水平和交往能力：以《社会认知卡片》为载体，引导正确认识和分析卡片中的人物行为并进行评价，通过卡片中的故事引导换位思考，从而提高社会认知水平，并迁移至自己日常生活中的家庭交往和社会交往中进行反思和训练。如日常训练中，引导儿童进门主动打招呼，带着他主动认识见到的所有老师、小朋友和家长们，并有意识增加和他人的互动，有意识锻炼语言表达和社会交往能力。

180. 心理干预和行为训练是如何产生作用的？

DFYY 心理智能训练对于先天发育迟缓、注意力缺陷障碍儿童的训练是有效的，且效果显著。通过两年多的训练，患儿在各方面都将会有很大的变化，其中最明显的就是大脑功能水平、注意力、控制力的提升。

大脑功能包括接受、加工、反馈三个环节，对我们的学习、工作、发展都有重要作用。首先，大脑功能水平直接影响着我们的学习效果。例如课堂上，儿童需要用耳朵听老师讲课（听觉接收信息），眼睛看黑板（视觉接收信息），还要快速地把看和听来的信息进行加工，在老师提问的时候要回答（嘴反馈信息），考试的时候要用手写出答案（手反馈信息）。其次，大脑功能水平直接影响着我们的工作效果。例如在工作中，工作内容、要求需要我们用耳朵听（听觉接收信息），用眼睛看文件、演示稿（视觉接收信息），还要快速地把看和听来的信息进行加工，在领导提出问题时，要回答（嘴反馈信息），完成工作的时候要用手来操作（手反馈信息）。最后，大脑功能水平直接影响着我们的生活质量，较差的大脑功能水平制约着我们身心的和谐发展，而良好的大脑功能水平，既可全面、准确地接收信息，又可快速、有序地加工信息，准确、高效地反馈信息，有效地改善和提升着我们的生活质量，促进和保证我们的身心和谐、主动、全面地发展。正如下图所示内容。

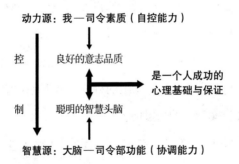

理论基础结构

181. 注意力不集中如何训练？

器官指向性训练，是指在看、听动作之前，通过问答形式，让学生认识到此时要训练的器官对象是什么。比如，老师在展示图片前提问"注意看"，她回答"训练眼睛"；老师在说题目要求之前提问"注意听"，她回答"训练耳朵"。学具操作，是指按照一定规则，将学具拿出、放入。在操作过程中，眼耳口手脑都要参与其中，在大脑的指挥下，眼睛和手配合做出拿、放动作，耳朵和嘴要配合报时间、遍数。因为学具操作，特别是多遍操作需要在一定的时间里达到一定水平，促使训练器官高度协调、配合，同时要排除外界干扰，用这样的方法来训练她注意的长度和质量，使其注意力集中的良好品质逐步形成。

182. 语言表达的无序、不简练如何训练？

科学认知训练是指从描述单个物体开始，训练学生以全面、有序、简练的标准来认识事物，达到能够描述多个不同事物的目的。全面是指从多角度认识事物，比如颜色、形状、材质要全概括；有序是指将信息进行排序，按照接收信息"相同归类、不同分类"的原则排列出色、形、材的顺序；简练是指用最简单的词汇来表达意思，比如用色代替颜色，形代替形状，材代替材料。"语言是思维的外壳"，以上这些看似是训练语言的方法，实际上是在训练学生的思维。比如：考虑问题全面时，学生需要思考"能有多少方面？""除了这几方面还有没有其他方面？"在全面接收到信息之后，学生需要把信息有序地整理起来，同时他需要考虑"有哪些排序方法？""接收信息的顺序、事情发生的顺序，还有没有其他的顺序？"在反馈信息时，学生需要"字斟句酌"，哪些话可以合并一起说，哪些话需要分开说。通过思考说出的话才会很有效地表达自己的想法。

183. 手的精细活动能力不高，控制力弱如何训练？

学具操作，图画描线、涂色练习等。拿出学具时每个手指都活动起来，做好拿、扒、收。所有几何体轻轻放到盘子里。放入学具时，手将几何体准确放到房子里。描线时，时时刻刻调整手和纸的关系，尤其是描弧线时，要随时调整角度。涂色时，一笔挨一笔，中间没有缝隙，也没有重叠。

184. 做事时器官有序性不高如何训练？

这部分操作融合了器官指向性训练以及科学认知训练，即在全面认识、指向自己所有器官的基础上，给要使用的器官排序。比如在学具操作之前需提问"拿几何体需要用哪些器官？""眼睛、手分别有什么用？""眼睛看、手做""手怎么能知道拿哪个放哪个？""眼睛看到了""那是先看后做，还是先做后看？""先看后做""谁先谁后？""眼睛先于手"。在回答过这些问题后再进行操作。其他操作的环节，比如涂色、描线也需要这样提前准备，或者是总结。

185. 自我要求不高如何训练？

对于学具操作，每个阶段可以达成不同的星级操作标准。每节课儿童可以想想自己要管好哪个小器官，或者要减少哪个不良行为发生的次数，比如爱吐舌头、做鬼脸，每节课只能做3次以内，否则没有奖励；每个环节控制好哪个小器官，比如手指操时手能不能做得标准，学具操作时能否手眼脑协调配合，不掉落几何体。整个过程是从意识到能力的转变，开始时自己可能做不到，但是出错以后自己会意识到做错了，那么之后在做的过程中，甚至做之前就会慢慢有意识地控制自己，改善行为。

对于不随大流的训练，先是明确现在自己该做什么，该不该跟别人一样，如果不一样怎么拒绝别人，向他们摆摆手示意一下，或是告诉他们"我们下课再说"。明确出具体做法，把这个作为一周的训练目标，在下次课的时候汇报成果，并给予奖励。

186. 心理智能训练的内容及意义有哪些?

实现自我教育能力的核心是提高自我控制能力，而自我控制能力的心理基础是良好的意志品质（驱动力）和智慧水平。意志是自觉地确定目的，并不断地克服各种困难，去实现目的的心理过程；智慧是通过外显行为（言语与动作）表现的，一切智慧活动的物质基础是大脑。大脑是人的智慧活动的最高指挥部（司令部）。而大脑这个司令部的最高指挥员（司令）就是每个人"自己"。

心理智能训练的宗旨就是培养自我教育的能力，即调控驾驭自我的能力，学会正确地认识自己，养成良好的生活习惯、学习习惯、思维习惯，以开发自身潜能，提升大脑功能，提高智慧活动能力（以学习能力为主的综合活动能力）。在自我教育的氛围和环境中，促进人的全面发展。其具体结构如下：

训练目标	训练要点		训练内容	迁移内容
心理智能训练结构即身心协调控制能力	非智力因素（社会认知） 自我认知	自我分析：明情况	情况测查、学科分析	1.建立人生规划，有理想； 2.建立自我管理习惯； 3.建立规则意识； 4.培养健全的人格，学会与他人交往。
		自我设计：定目标	人生设计	
		自我管理：促行动	课上、课下	
	社会认知	家庭规范	生活习惯：作息规律	
		群体规范	文明习惯：礼貌待人	
		社会规范	遵纪守法：和谐生存	
	智力因素（科学认知） 智能基本功	大脑功能：接收、加工、反馈信息能力	激活训练：双脑细胞	1.学习器官的综合活动能力； 2.认识事物好方法； 3.在智慧活动中学会整体建构思维方法。对各科知识建立整体结构。
	身心综合协调活动能力	我、大脑、眼、耳、口手等整体配合能力	科学认知 实物、图形、符号	
	智慧活动能力	认识世界好方法：	科学建构 每题型的规则 整体题型结构	
		做事情好方法：		

　　由上表可知智能教育训练具体内容包括：①自我认知，培养自我教育能力即自我控制能力。研究自己，学会自我分析、自我设计、自我管理，提高心身素质，促进全面、和谐、主动的发展。②社会认知，提高社会适应能力。认知、理解、掌握家庭规范和社会规范，养成良好的生活习惯和学习习惯。培养健全人格，学会与人交往，创建和谐生存环境。③以提高大脑功能训练活动为载体，全面提高人的智能水平。首先是研究自

己的司令部或最高指挥部——大脑功能水平。即能否做到大脑接收信息准确全面、加工信息有序快捷、反馈信息简练清楚。其次是学会科学的思维方法：研究自己的战略战术——大脑指挥策略的水平。即能否做到用全面、有序、简练的最科学的方法，省时、省力、高效地完成学习和工作任务。最后是学会自我教育与自我发展：研究自己的司令员素质——自我调控能力水平。即自我教育的模式，学会生存、学会发展、实现自我价值。

187. 心理智能如何训练？

（1）我们的训练设计是以研究自己为核心的，从直觉感官参与活动入手，以"操作—体验—悟道"为心理智能训练的主要方式。在大量的直觉行动活动过程中，认识自己、了解自己、感悟自己需要提升自我的重要意义，培养激发研究自己、提高自己的兴趣和主动性。全面地认识自己，规划自己的人生，长远目标、中期目标、近期目标，从近期目标入手，提倡小步子快走；在不断地目标达成过程中，养成自我管理的习惯，提升自我控制能力，增强自我教育水平，为一生的发展打下坚实的基础。

（2）我们的训练设计是把智慧活动的过程作为心理智能训练的载体，以自己研究自己的大脑功能（接收信息、加工信息、反馈信息）活动为主线。通过训练外部器官，刺激相应大脑细胞活动能力水平，从而提高人的智慧水平；我们从自我对外部言行的控制过程进行干预训练（即从直觉行动开始），这样融合互动，由内而外、由外而内的往复循环训练，因而达到表里互为动力，立体提高的效果，取得事业（学习、工作）的成功。遵循认知思维发展的规律（直觉行动、具体形象、抽象逻辑思维），在认识客观世界（实物、图像、语言文字等）和主观世界（言行等）的基础上，有意识地从全面（整体）、多角度、多方位了解掌握信息。在思考问题时要把信息进行整理，比较分类，相同与不同，相同归类，并且找到它们之间的关系和联系，进而概括出其中的规律或规则。在对其反馈（应对）时，先明确自己要做什么（要目标清楚），为什么要做（有什么意义），计划怎么做（行动有策略），选择省时省力高效的好方法。在实际行动（执行）中，自己实时监控自己，按照计划策略去实行并能够发现问题及时调整。行动后，能及时总结自己在这个全过程中（信息是否准确全面、规律是否正确简练、方法是否最佳、效果是否最好）控制调节的能力水平，并建立这类事情的规律与方法。

（3）我们的训练设计以心理智能训练活动过程为依托，力求全面提升智慧活动水平，促进人在生活与社会活动中的整体品质。做一个聪明的人，一个具有大智慧的人。

（4）我们的心理智能训练活动过程全部开放，邀请家长参与、互动、共享。儿童是家庭的未来与希望，儿童的身心健康发展是构建家庭和谐的核心问题。因此，请家长全程参与互动，共享训练乐趣，体验自我教育的效果，优化家庭教育环境。

188. 心理智能训练如何具体操作？

（1）交谈询问：全面了解学员基本情况。如教养方式、教育需求、教育期盼等，做到心中有底。

（2）测查咨询：科学测查全面地了解自己儿童的个性特征，智力水平、学习情况、学习适应能力、人格因素、大脑功能等的综合水平。共同确定训练重点，建立训练档案。做到有的放矢。

（3）家长全程参与：本着"以人为本，实施个性化教育"的原则，要求家长从综合测评开始，到全程训练活动都来参与，了解每一环节的训练目的、训练内容、训练方法，以及训练效果。做到逐步深化。

（4）随时访谈沟通：家长应时时掌握训练理念，根据个人特点，不断优化家庭教育方法，提高家庭教育水平。做到随时化解矛盾，不断进步，定期总结交流。训练过程中，对家长变化快、儿童变化大的，及时表扬鼓励，调整训练方案，提升训练效果。做到巩固成果，实现目的。坚持组织家庭教育讲座，有针对性地普及儿童心理发展的科学知识。

（5）训练程序：具体包括：①测查咨询：全面了解情况，确定训练设计方案，突出个性特点，确定训练计划。②开展训练：实施训练活动，重在过程体验。③定期检测：及时反馈调整，保证训练效果。

附 部分家长的心路历程

一、从淡定到焦虑

1. 第一阶段：5～6岁，幼儿园，没在意。

孩子5岁时，带他去新加坡旅游，新加坡是孩子的乐园，孩子每天都玩得很尽兴，他的情绪一直处于兴奋状态，在旅游的第五天，开始出现仰脖子的动作，当时没太当回事，以为是孩子既兴奋又疲惫导致的"坏毛病"。回到北京后，症状并没有减轻，状况时好时坏，但已明显跟正常状态不一样。那段时间孩子停止上幼儿园，我们在网上搜索查询，第一次认识了"抽动症"一词，但当时没到半个月孩子症状就消失了，恢复正常，所以我们没有太在意。之后孩子上幼儿园，恢复到了以往的状态。

2. 第二阶段：6～7岁，学前班，乐观。

不同于以往幼儿园轻松的氛围，学前班对学习和纪律有了更严格的要求，这期间孩子出现转眼珠、翻白眼的动作，而且相对比较频繁。症状持续了半个月没见好转，我有点着急了，带孩子去了儿童医院，儿童医院先给孩子做了脑电图，结果是正常，又看了孩子情况，出于保护孩子自尊心的考虑，我并没有告知孩子是因为什么原因带他看病，我给医生看了我之前偷偷录的孩子转眼睛的视频，医生认为孩子是得了抽动症，但症状不是很严重，所以没有给开药，建议不要给孩子太大压力（我们家从小注重快乐教育，几乎没给过任何学习方面的压力），不要给孩子看刺激性的电视（从5岁上网查到孩子可能是抽动症时，我们几乎很少让孩子看电视），不要给他吃巧克力、垃圾食品等刺激性的食物。之前在网上查到有的抽动症儿童吃了西药，对肾脏产生负担导致身体不舒服，本来想即使医生开了药，我们也要慎重考虑，但还好，碰到的医生没有给乱开药，只是给了我上述建议，且让观察孩子状态，有严重趋势后再复查。这个阶段我还是很乐观的，但孩子的动作比第一阶段更多了，虽时好时坏，但反复的频率在逐步增加。

3. 第三阶段：7岁，小学一年级，焦虑。

孩子上了小学，记得在小学面试时因为情绪紧张，面部动作比较多，类似于挤眉弄眼，但还好顺利通过了面试。上小学后，不论是学习还是生活状态都比以前紧张了，而且相对于以前在学校的运动量也大打折扣，感觉孩子不是很适应现在的作息时间以及小学严格的纪律管理，症状开始由动作转到了发声，发出尖细的类似清嗓子的声音。以前只是有异常动作，并不影响其他小朋友，现在转为异常声音后，我就立即带孩子去了某著名儿科医院，很多孩子（还有很多外地家长专门过来的），都是因为抽动症在排队就诊，因为人很多，医生屋里挤满了人，我观察到医生给每个孩子开了同样的药，而且最低疗程为一个月，最多的给开了半年的药。我看了这个药的副作用，有嗜睡等，又查了一些资料，感觉起到了抑制神经、不让神经太过于活跃的作用。我没敢给孩子吃，怕吃药导致肾脏负担过重，引起其他疾病。

4. 第四阶段：7～8岁，坚持调理。

我购买了抽动症护理的书，偶然机会看到了百度贴吧一个家长问从什么渠道能挂到北京刘弼臣医生的号，说是几年之前来北京找刘弼臣医生看病，吃中药治好了孩子的抽动症，想推荐给她的亲戚。按照这条线索我找到了刘昌艺医生。刚开始抱着试试看的态度找到刘昌艺医生，外面等候的多半都是抽动症的孩子，跟家长聊了聊，有的是刚开始看病，有的是已经看了一段时间有好转的。终于等到我了，刘老给孩子把脉看舌，问了问孩子的情况，很有信心地说，这孩子不算严重，吃中药调理吧，我很紧张地问了很多问题，刘老都耐心地解答了。从2018年10月，孩子开始吃第一幅中药。刚开始吃第一个月，孩子明显有好转，发声频率小很多，我很有信心孩子很快会好，但到了第二个月开始反复，刘老说这是一个正常的调理和身体适应的过程，不需要担心。我们坚持每两周复查一次，吃了整整15个月的中药，第6个月时发声症状减轻了，第10个月时动作减少，现在基本稳定。刘老说可以逐步减药了，现赶上疫情没有开门诊，迫不得已断了药，在家这段时间我们注重孩子作息规律，试探性地每天加入一个小时看电视的时间，孩子除了脾气还是那么急躁（刘老说肝火旺）外，其他都进入了稳定期。刘文博医生希望我能把孩子看诊的经历写出来跟大家分享，我想这是感谢他及刘老的一种方式，但对孩子的情况不能说是完全放心了，等疫情过了我们还是会找到刘老，再给孩子把把脉，咨询需不需要再调理，直至稳定时间越来越长。

二、从西医忠到中医粉

R 同学在发现抽动症疑似的时候大概是在 2019 年 10 月中旬，刚好 3 岁 2 个月。他身高体重都是适龄的中位数，在幼儿园班上看着算瘦小的（因为不好好吃饭不好好睡觉，基本算是让人头大的难缠小鬼的综合体）。

自从 9 月份上了幼儿园，过了 1 个月，10 月份开始 R 同学就频繁感冒生病。去一周幼儿园，病两周，再去一周，再病两周，如此循环……加上他非常抗拒去幼儿园，心情无比紧张，每天早上起床睁眼第一句话就是"我要去幼儿园吗？"。R 同学同时还有一些可能是大多数孩子都有的小毛病，比如睡觉出汗、有时候便秘等等，在 2019 年 10 月初的时候我们发现他看电视的时候（或者看亮的东西）左眼有时候会眯一下（一般是睡前给他刷牙的时候），平时没有这种现象。于是我们减少了他看电视的时间，并且带他去了两趟北医三院眼科。除了散瞳，一般的检查都做了，眼球是没问题的，就是有些倒睫。大夫嘱咐注意用眼卫生，我们也就照做了，同时严格控制他看电视的时间。

就这样到了 11 月底，左眼偶尔眯眼睛的情况并没有什么好转，反倒有时候眯眼睛的时候左侧嘴角会跟着一起动一下。他妈妈意识到这可能不是简单的倒睫。于是我们在网上做了一些搜索和研究。发现这符合小儿抽动症的早期症状，但是目前医学界对于致病原因莫衷一是，并没有确认的致病原。这让我这个西方现代医学的拥护者一下犯了难，我在网上看了很多西医的治疗方案，多是针对抽动的症状进行的相应神经药物治疗，也就是说肌肉抽动如果是神经不自主发出的信号，就用药物控制这个信号的发出。这种方案一下子让我觉得风险巨大：第一，这肯定是一个极其漫长的过程，因为毕竟只控制了表象，一旦停药，复发的概率恐怕不低；第二，是否有依赖性和副作用，我在网上没有看到。而且，我在网上查了很久在国内几乎找不到西医治疗的医院。

在寻找西医疗法的同时，我们在网上也发现了不少中医治疗抽动症的案例。虽然中医中药并没有现代医学那样双盲的严谨测试流程，但是作为存在了上千年的经验科学，特别是对于没有准确病因的疾病，经验科学是值得一试的。于是我们比较了一些医院和医生，在 12 月的时候去了刘昌艺大夫的门诊。最让我印象深刻的除了刘大夫平和近人的态度，他说出最快一个礼拜就能见效的判断着实让我吃了一惊。于是给我们开了一周的药，让我这个西医拥护者惊掉下巴的是，一周之后，R 同学的症状几乎没有了。我当时几乎都想是不是就可以直接停药了。咨询了刘大夫之后，又开了 2 周的药巩固效果。药吃到 2020 年春节前，之后因为闹疫情也就没去开了。结果是，到目前为止都没有反复过。至少我可以负责任的说，对于儿童抽动症，中医的药物治疗虽然用现代科学无法完全解释，但是效果是明确的。

三、二十二载的求医路

我的孩子今年 30 岁，在她 8 岁的时候就有这种咧嘴挤眼的毛病，当时还真是给她看了。我记得在南三环外有一个乾坤中医院的女大夫，姓什么我不知道了，就说能治这抽动症，我就带着孩子去了，当时不是一人一方，是一个方子反复用。我当时给孩子吃了一百余剂，在 20 多年前花了 8000 多块，不到 9000 块钱，我记得症状缓解了，因为她当时也不是很重，后来就不再吃药，算是好了吧，但是每年的秋后和开春会有挤鼻子弄眼的情况，我也没往心里去。

直到她 17 岁的时候，因为家里的原因，她抑郁和焦虑了。当时主要的症状是嗓、跳和打脸，我先后带她去了宣武医院和北医六院，都说治不了，让我们去安定医院，我不死心，又去了几家医院都说治不了，最后还是去了安定医院，到那就住院治疗，医生说她抑郁焦虑，诊断为双向情感障碍，住了两个半月的院，出院时抑郁焦虑好了，可是嗓一点都没控制住，我和大夫说，带她治病就是因为她嗓地厉害、跳得厉害还打脸，大夫说其他症状控制住了，让我们出院，出院以后还是不行，我又给她挂了一个德国回来的博士医生的号，是位心理医生。医生说你这孩子没法正常交流，带她去看抽动症吧，她属于抽动症，不是抑郁焦虑。

我又带着孩子到安定医院治疗抽动和焦虑，西医大夫用几种药慢慢调，结果还真好了。好了以后，药一直没停，这么断断续续的一直找那位大夫看，看了6年多，这当中孩子也上班了，觉得挺好的，可没多久那位大夫离开安定医院了，孩子挺失落的，从2017年开始症状又厉害了，恢复到嚷、跳和打脸的症状，厉害的时候两手把自己的脸都打紫了，打脱皮了，脸也打肿了还不住声地嚷，一口气嚷一个小时。这之后我们又回到安定医院治疗，在这中间进行了半年多的心理治疗，做半年多的针灸治疗也不管用，2017年以后病症越来越重，从2017年到2018年8月，在我找到刘主任以前的7个月，孩子总共住了两次医院也不见好，还是嚷。

一次我在医院开药，无意间看到了刘昌艺主任的介绍，写了刘主任的治疗内容，就去找了刘主任。刘主任说他能治。没多久，我带着孩子去见刘主任，他看到孩子后对我们说的第一句话让我印象非常深，他说："你放心这个孩子我能治，我能把她治到一声都不嚷，就是慢，时间长，你别着急。"就是刘主任这句话给了我好大的信心，从见第一面开始我就特别地信任刘主任，他给我一种特别有希望的感觉。

有时孩子拒绝治疗，因为治疗期间走了太多的弯路，让孩子失去了信心，有时候我就觉得孩子不懂事，也和她吵，但刘主任和我说："别怪孩子，她有病，其实她也不愿意嚷，只是这个病造成的，自己是控制不住的。"

刘主任的观点和西医大夫的观点不同。我们从第一面开始坚持治疗到现在已经 10 个多月了（2019 年 10 月），治疗当中断断续续地出现这种情况，好点坏点，有时反复地挺厉害的。从开始到有效果是半年以后了，之后慢慢地越来越好，我觉得这个病就是在进一步退半步中慢慢变好的。

这期间孩子也有不愿意吃药的时候，谁也不愿意总吃药，药也不好吃，此时家长就需要劝孩子。最关键是家长要有信心，如果家长没有信心，放弃了，那孩子不是更容易放弃吗，我也是因为刘主任的那句话，时常想连医生都那么有信心，家长没有信心就太说不过去了，孩子是咱们自己的。

现在（2021 年）我的孩子开始恢复工作了，治疗的不错，可以正常的生活了。我非常感谢刘主任。

我希望以我的亲身经历告诉大家，找到刘主任治疗后就别再跑弯路了，坚持在刘主任那治疗真的是挺好的。当然了每个孩子的病都不一样，因人而异，反正我只想说我的孩子现在非常好，我非常感谢刘主任。

再有我想跟各位家长说一下，咱们一定要有信心，相信刘主任，而且咱们一定要坚持，不能放弃，如果咱们放弃了，这孩子真的就没治了。坚持吧，坚持就是胜利，总的来说真的会有放弃的心情，但有时候也是不愿意就这么放弃。

四、当研究型爸爸遇到抽动症

1. 发现

亲爱的各位家长，我是来自于山东的一个患儿的家长。就在3天之前，我把我的孩子送到了一所国内非常有名的中外合作大学，接受纯英文的大学教育。这次高考，他在我们山东省考了19000左右的名次。我们山东省一共大概有59.99万考生。在这里和大家分享我和我的孩子在整个治疗过程中的一些心路历程。

孩子高考成绩公布之后，我第一时间将孩子优异的高考成绩和刘老进行了分享。刘老也表示衷心的祝贺。提出是不是能把孩子的治疗过程讲出来和大家分享一下。顺便把我们的案例收录到护理书中。我感觉这是一个很好的建议，就答应了下来。从6月25日了解到刘老的这个需求后，因为单位的原因还有孩子需做一些大学入学准备等而有所耽误。三天前，我把孩子送到大学之后，回到家里。在这三天里我心情久久不能平静，也许是秋天到来的原因，突然想起了很多孩子小时候的事情，也想起了刘老的安排。今天就磕磕绊绊地把我和我孩子在治疗过程中的点点滴滴和大家进行分享。

首先我想谈一谈我们是怎么发现孩子的问题的，我记得很清楚，是2007年左右，孩子经常眨眼睛、挤眼睛，我们一直感觉是孩子看动画片看得多了。每次都问孩子是不是眼睛不舒服，让多休息休息，多睡睡觉。但是症状一直存在，于是我们就去看了山东当地医院的所有眼科，也请了很多眼科专家给他会诊，说是眼睛倒睫等原因。因为孩子的母亲长倒睫毛，觉得是遗传，但是拔了依然不行。于是开始用各种眼药，可孩子眨眼情况越来越频繁，特别是每年春秋季，孩子就出现眨眼睛的情况，这个问题让我们非常的焦虑。但是那时候不严重，没有感觉到这是什么问题。我先介绍一下我自己，我是搞研究工作的，求真的欲望特别强，对什么问题都要追根问底，直到查出真相。针对他的眼疾我们去了北京的同仁医院、上海的华山医院，还请国外的一些好朋友帮忙。因为孩子小，眼部神经的发育不是很健全，不能随便用药水。找了很久，请朋友帮忙才找到国外的一种眼药水。为了他的这个眼睛问题，我甚至托人去香港、日本，甚至瑞士买儿童的各种眼药水。我记得特别清楚，当时我们在冰箱里最上头那个可以盖盖子的地方放满了各种各样的眼药水，但基本上没有效果，孩子还是经常眨眼睛。

到了 2009 年，二年级下学期孩子有一些新的变化，开始经常爱哭闹，特别是到了三年级开学，上学期孩子就出现了比较特别的症状，不单挤眼睛，还开始耸肩膀，我记得非常清楚，耸个不停。晚上我就搂着孩子，孩子告诉我肩膀耸的好疼啊，他控制不住，这时候我非常着急，就开始查百度，根据孩子前后发生的症状，我们发现他很有可能是抽动症。我又立刻到我们这边的中心医院，和医生沟通，儿科、神经内科都去过了。神经内科说不好办，基本上没法治疗，要服用西药来控制，但这个西药副作用很大。我知道孩子出现这种疑难杂症的问题时如同晴天霹雳。这里给大家分享一下我的心路历程。我一边在安抚着我的孩子对他说："没问题，有爸爸在肯定是什么问题都可以解决，爸爸一定会让你好好的。"另一方面，自己也承受了非常非常大的压力，我几乎放下了手里的工作，同时在外面的一些店铺生意也全部都停了、都退了。当确定孩子有这个问题后我三天三夜没有合眼，很焦虑啊。随后开始收集大量关于抽动症的基本症状和治疗方案。了解国内外一些的专家基本情况，把临床医学中关于儿童神经内科的书从图书馆借来学习，想看看到底是怎样的问题，究竟是遗传的问题，还是因为惊吓或者其他的什么问题，通过所有的途径去了解本病，做笔记去学习。

2. 同行告知

这期间我跑遍了神经内科的各个科室，也基本对本病有了了解。当时有个好朋友在美国做访问学者，又请他去美国方面咨询相关的新资料。他给我的答复其实是很有启发性的。他说在美国叫妥瑞症，属于不能治疗的一种疾病。美国医院里的同事告诉他，在遥远的东方，用中国神奇的中医可以解决这个问题。这样把我指到了咱们中医的治疗之路上，我又让朋友进一步打听具体哪个中医大夫能够治疗本病。他们只告诉我说，在北京有一位姓刘的医生，但是好像这位姓刘的医生在 2008 年可能已经去世了。

3. 漫漫求医路

求医治疗的过程可谓漫长。而且当时我是很依靠网络的。我们山东这边也有一些医院说这个医院那个医院在治疗这个儿童抽动症的疾病。我的家庭很传统，孩子是我唯一的儿子，也是我们家唯一的孙子。这种情况下全家人都很着急。我总是想用最好的医疗方式和医疗技术给孩子治疗。山东的医院我基本上都转了一遍，我不想直接给孩子吃药，应该经过科学论证之后再作出决定。在寻医过程中我查到北京儿童医院有一位大夫是我国的儿童神经内科的专家，在中西医结合方面还有一位中青年专家。北京儿童医院的两个专家看了孩子，也给孩子测了多动症的一些指数，开了一些药回来，但是我基本上没给孩子用，一直处于纠结过程。当时我还兼顾了孩子的心理建设问题，经常和孩子沟通，特别是夫妻感情也非常和谐幸福，也不在孩子面前吵闹，怕这样的事情让孩子没有安全感。给孩子树立了一些自信，同时与学校和同学也进行了沟通，详细说明了"抽动症有时候会耸肩膀，有时候会跺脚，有时候会抖腿，我孩子耸肩膀和跺脚比较厉害，动不动就跺一脚"的情况。

在孩子治疗过程中，最想和大家分享的就是一定要注意孩子的心理治疗。要做孩子坚强的依靠。我记得我那时候形成了这么几个习惯。第一，每天放学就看海，观察孩子的面部表情。第二，问他，"你今天开不开心呀？有没有什么这个学习障碍呀，有没有什么人欺负你？"因为孩子的异常，总是被别的同学拿来嘲笑，我不想让孩子在心理上有什么自卑。在这方面我是比较关注的，这方面我也咨询了北京师范大学的一个教授，请教如何对这种儿童的心理建设进行构建，最终就是希望他充满自信。

前面说了我一直在给孩子寻找最好的治疗方案，当我知道了遥远东方的那位刘姓医生去世了，当时很悲观，非常非常悲观，就想怎么办呢？后来我通过中国知网查了大量关于儿童抽动症的文献。终于查到了那位姓刘大夫的名字——刘弼臣，京城小儿王，我想中医是传承的，尽管刘老先生已经过世，但是他们的家里头肯定有人传承。我认真的观察了关于他的文献资料情况，发现整理资料人是刘昌艺，就是现在给孩子们看诊的大夫，我通过百度了解到刘昌艺先生坐诊地址，就带着儿子开启了北京治疗之旅。

治疗过程非常辛苦，经常山东、北京两地跑。我想跟大家一起分享一下我的几点认识：

第一，抽动症的儿童必须进行干预。可能有很多家长认为有50%以上的儿童过了青春期以后都自愈了，可能会有自己的一个生理修复的能力。但是现在整体的社会压力比较大，自愈的可能性并不大。

儿童的心理建设和生理建设需要同步运行。从我的孩子9岁左右发现问题以来，我始终对他进行心理干预，害怕他的自信心崩溃。我们山东学习压力比较大，老师对孩子的成绩要求很高，你想想一个专注力不够集中，每天有时候会动不动发出怪声，或者动不动会耸肩膀、挤眼睛、摇头晃脑的孩子在教室里肯定会受到异样的目光。成绩不好老师也会对孩子进行一些言语上的刺激。对孩子自信心的打击非常大，在这我特别感谢刘昌艺大夫，第一次看到孩子后就给予我们非常大的支持。他看着孩子说这个孩子真好，没有问题，这个就是小儿抽动 – 秽语症，很容易康复。孩子是北大清华的苗子，非常非常聪明，又把写有自己名字的书签赠送给了我的孩子，这样孩子的自信心一下子就有了。他觉得他自己没有任何问题了。其实当时我们已经到过北京儿童医院，很多医院都去看过了，我们和孩子都很为难，因为也没有用药，当时也不知道该怎么办，最终他的病症也没有什么进展。但当见到刘教授后，他的这些鼓励，让孩子如沐春风，自信心一下子就树立起来了。吃药到两三个月后孩子的症状开始减轻。开始减轻后，我记得孩子当时的各科成绩一下就突飞猛进，数学成绩一般都保持在全班第一名的水平，语文成绩略弱一些。

个人认为在建立自信上面，首先要从家长做起。当发现孩子出现问题时，我们应该自省。为了让孩子少动，为了让孩子听话，我们有没有出现"双打"，言语的辱骂等情况。发现孩子出现问题时两位家长应该深刻的沟通，认真反思，好好地去跟孩子道歉。这种情况不是孩子能够控制的，他想控制，想做得非常的好，但是他做不到，因为终归是一个疾病，需要我们的干预，除给孩子充分的自信之外，我们家长也要反省自己，家长之间也要互相鼓励打气。

第二，干预就是药物干预。药物干预从我的角度上来说，我是真心认为可以通过中医药的调养，把这个问题解决掉，因为我孩子的实践经历就证明了这一点，我是受益者。

第三，如何配合孩子的治疗。从治疗开始，我们每个月都会去刘老那里诊脉调药。现在交通比较方便，但10年以前还不是很方便，我们坐大巴车大概需要 8 个多小时才能到北京，在北京住一晚，第二天一早去看诊，然后拿上药匆匆往回赶，路途比较疲劳，但每一次都能够感受到孩子的进步。药都是我自己亲自熬，原因是我在本地按照方子拿过药，与医院代煎熬出来的汤色和品质完全不一样。我是一次煎一个星期，每次都熬到凌晨两三点，药分成七份放到冰箱里，每天来喝。熬药过程中，我也反省自己，反省这周跟孩子的沟通情况，反省自己孩子的心理和生理变化情况，自己去做一些笔记再做一些内心分析。反思可以让自己慢慢静下来，等待孩子的变化，可以说这份等待是有成果的，因为第一次刘教授就说孩子非常聪明，一定能考上北大清华。现在孩子的这个高考成绩在山东也是非常优异的，考的学校也是非常非常满意，非常好的。孩子目前的功课情况，昨天刚刚给我发了他近期的一些成绩，也都非常出色，我是非常满意的。事关孩子的健康，大家一定要稳住，通过心理和药物干预之后，孩子会有很大的变化，但一定要坚持，一定要确定他彻底地没有问题了。我记得很清楚，吃了三年的药，我们孩子基本上已经没有问题了。每年的春天和秋天我都会提前给他吃 2 到 3 个月的药，还会去北京找刘教授去开药，到初二这个阶段，我们就吃了一次，之后就再也没有吃。初一的时候，老师给我的意见是我的孩子没有什么希望，就是没机会，怎么叫没机会呢？其实就是根本考不上高中的意思。因为他上课根本就不能够集中精神。到了初二以后，孩子开始有变化了。初二开始成绩往上走，但老师还是不是很相信，就觉得这个孩子的成绩不可持续。到了初三的时候，我们孩子成绩有了突飞猛进的改变，到了初四就是全班男生里的第一名了。最终考到了山东省最好的高中，在全国也是排名前十的高中。

在这给大家分享的是我们通过心理和药物的干预之后，这个孩子取得了长足的进步，发生了很大的变化。这个过程中家长们要有耐心，有决心，一定要充分地相信专家和医生的意见。这个专家是指的治疗专家，包括心理专家的意见。

再者我想跟大家分享两个案例：

第一个是一次我们去云南，在旅游车上，我见到四川来的一个庞大家庭，其中有一个孩子就是疯狂眨眼睛，非常地厉害。我和他妈妈说了可能的情况，妈妈没在意，有时候让一个家长承认自己的孩子有问题是一件很难的事儿，临走时我留了电话给他们，告诉他们说如果孩子发现有问题，请他们给我打电话。其实我是抱着一个非常热心的心情提出建议的，觉得孩子应当得到帮助，他将来可能会面对很多的不理解，正因为我的孩子也经历过了，所以我希望通过我的经验和努力也可以把他改变。

第二个是孩子在初中时，我家的邻居的孩子也是抽动症。但是他经过了西医的干预，到了初三因为症状太严重，在学校里吼叫、蹦跳，已经影响到了正常的教学秩序。我把他引荐给了刘教授。经过大约三个月左右的治疗，情况得到了好转，他妈妈专门来我家表示感谢。事后了解到孩子出现了一点小问题，父母双方不一致，父亲不能够尽全力配合母亲治疗。母亲对这个问题的认识又仅限于医院的医生，没有别的途径去了解更多的信息。这种情况下才给孩子用的西药，虽然孩子又回到了学校，但是他的成绩已经赶不上别的孩子了。真的挺遗憾的，一个很好的孩子因没能及时得到有效的治疗被耽误了。

我想告诉大家，在咱们中国对于这个病症的治疗还是有办法的。从我孩子的身上，不仅仅是想让大家看到希望，同时只要你能够全心全意、认认真真地从心理、药物、生理等各个方面按照规律去做，认认真真的遵医嘱，孩子就一定能够恢复健康。

五、焦虑妈妈的心路历程

我是一名山东患儿的家长，2019年10月底发现我儿眨眼、吸鼻子。当时不知道是怎么回事，便咨询给我们经常推拿的一位朋友，说是抽动症。当时对抽动的概念没有了解，不知道它的特点，朋友说这个没有问题，可以调理，便没有多想，就在那里进行推拿治疗。调理的同时我去了当地的中医院，想通过吃中药进行调理，当时医生也没有说太多注意事项，只说吃药能调理，我们也就抱着试试看的心态，用推拿加中药进行调理，调理一个月左右症状没有好转，反而脸部动作变多，我开始担心焦虑了，不知如何是好，于是我来到了我们省立医院进行咨询，当时我心里认为这是很权威的医院，因此比较相信他们。医生了解了孩子的情况后，非常轻描淡写地说这不算什么病，也不影响生活，然后有的也会慢慢好转。当时听医生这么一说，我瞬间轻松了很多，感觉是自己担心过多了，于是拿着医生开的可乐定回家了，但是可乐定我看了它的功效后没有给孩子用。于是还是回家进行中药加推拿的调理，在调理治疗过程中，时而信心满满时而又迷茫，一直在这样的状态下切换，症状持续一个半月左右孩子缓解了很多，到两个月左右所有症状居然消失了，似乎医生的话得到了验证，感觉还是自己不了解，过于焦虑了。症状消失后，我认为抽动已离我们远去，便开启了开心的珠海之旅。

2019 年 12 月底，就在儿子症状消失半个月左右，突然感冒发烧了，7 天没有退烧，状态不好，这时焦虑妈妈又上线了，看见儿子难受却不知如何正确地处理，这个时候我只想到了医院，想到了输液，感觉这是最快捷、最高效的治疗方法，于是又一次的挂上了吊瓶，一打就是 7 天，一场感冒下来，儿子的脸色更是瘦黄。

2020 年初大家都被疫情封锁在家里了，是妈妈们练厨艺的时候，我也不例外，变着法地给儿子做好吃的，如油条、蛋糕、红枣发糕等，在这期间完全没有忌口（除了冷饮），当然抽动的事情我也抛到脑后了，现在翻看那段时间的舌苔照片，大多厚腻，内热重，但是我不知道这也是抽动患儿的一个诱发因素，不知道会反复，完全没有防范意识。

2020 年 6 月，当时由于我和老公忙于工作上的事情，对孩子照顾较少，孩子在家看电视时间比之前要长很多，有一天我回家时看见孩子在看电视，但是有一个细节揪动了我的心，发现儿子看电视的时候眨眼用力和频繁了，我立即意识到是不是和去年一样了，果不其然，2020 年 7 月 7 日，又一次发现儿子在外出的车上用力地眨眼了。有了上一次的治疗经验后心里感觉也没有那么紧张害怕，毕竟上次治疗好了，那这次也就按照上次的治疗方式来就可以，但是渐渐地我开始不淡定了，因为和上一次不一样的是，这一次脸部动作大了，肢体动作也有了，当看着好好的孩子变得跟别的孩子不一样了，我心如刀绞，为何自己如此用心养的孩子却被自己养成这样，连基本的健康都给不了，每当想到这里自己只有默默地流泪，但是这种压力和委屈还只能自己承担，平静自己焦虑的心情后，认为还是需要想办法，不能再这样治疗下去，必须寻找更好的治疗方式，于是在网上没日没夜地查找相关的文章资料，一次，有几行留言引起了我的注意，介绍了现在治疗抽动症效果较好的医生是京城小儿王刘弼臣，治愈率很高，当时我瞬间燃起了希望，于是开始查找就诊信息，找到弼臣儿医的联系方式，知道目前是刘教授的儿子刘昌艺大夫在出诊，迫切地想带孩子去看。

　　2020 年十一期间我们预约上了刘昌艺大夫的号，进行了面诊，刘大夫几句话给了我们充分的信心："放心，肯定能治好！"还有什么比这几个字更让人暖心的。当时我们除了相信，就是决定要好好配合治疗。在治疗初期，症状也是起起伏伏，我和助理间的联系也非常频繁，力争把我能做好的每一件事都做好，当然也存在各种担忧。群内的知识分享也让我不断地学习护理知识，当知道过敏有缓发和速发的区别的时候，我也毫不犹豫给我儿子做了 90 项不耐受的检查，结果不耐受级别较高的均是儿子经常吃的食物，虽然抽动的病因不同，那我能避免就避免，同时更严格的让孩子忌口，什么能吃什么不能我都严格照做，一种食物拿不准是否能吃就直接微信咨询助理，群里的几个助理同时问，有时一天能问助理几次。忌口半月左右，身体的动作减轻很多，一个月左右身体动作消失，脸部动作减少，一个半月左右只是轻微地皱眉，忌口两个月动作全部消失，到今天病状消失一个月整。这期间有过一次积食发烧，在护师的指导下平稳度过，如今继续吃着刘老的汤药，按照护师的护理要求继续护理，不敢松懈。

自从加入弼臣儿护群，儿子的疾病得到了有效控制，自己也在其中成长了不少，通过4个多月的调整，我总结主要包括以下几方面：

（1）自我状态：在没有正确对待疾病之前，我的状态是极其焦虑的，白天晚上满脑子都是糟糕的结果，有时情绪无法控制，影响孩子，再小的事都能让我大发雷霆，但孩子却默不作声，或是反过来让我开心，我就更自责，情绪更糟糕。加入弼臣儿护群了解护理知识后，学会慢慢地将之前的状态清零，以积极的心态面对，焦虑解决不了任何问题，唯有面对和学习才能改变。所以从面对孩子的每一个眼神、每一句话、每一件事开始，将积极的状态传递给孩子。

（2）饮食调整：之前孩子的饮食没有严格的管理，除了冷饮、油腻的少吃，其余的均没有限制，我家小孩子从小医疗过度，脾胃吸收差，但是我一直忽略了这一点，除了好消化吸收，另外量也需要控制。现在按照清晰的护理饮食管理，需要忌口的严格忌口，食物搭配上尽力做到营养均衡，以好消化好吸收的食物为主。

（3）情绪的关注：抽动症的孩子大多脾气偏急躁，知道这是由病症的原因引起的，我尽量不再因为他发脾气而教训他，引导他宣泄，平时鼓励他做自己爱好的事情，不过多的去干涉，提供他和朋友玩耍的机会，同时尽量少的去关注，让他在放松愉悦的环境玩耍。

（4）运动锻炼：我儿子在体能方面的表现还是不错的，但是这次身体亮出了红灯，想着在运动锻炼上是不是应该好好安排一下，于是跳绳、轮滑、骑行、室内健身器材都安排上了，但是往往坚持是比较困难的，所以只能想对策，约上他的好朋友，同时大人也要放下手机陪伴，营造运动的氛围，变被动为主动，同时调整作息时间，晚上9点必须睡觉。

（5）营养素的补充：当查出维生素D严重缺乏后便意识到了孩子微量元素缺乏的危害，通过查相关资料给孩子进行了微量元素补剂的补充。

（6）学习的调整：这期间我儿子已读大班，所以在学习压力这一块相对较少，于是我选择让他休学，在家内我自己进行护理，一方面去学校三餐两点没法严格忌口，再一个去学校会增加感冒发病的可能，自7月份至今只有一次积食发烧，所以这对病情的稳定也是很关键的，当然这个也是需要根据个人去权衡的。

　　如今孩子病情得到了控制，自己更是得到了成长，做母亲是一场修行，会不断的遇到问题解决问题，父母是孩子永远的依靠和支持，唯有不断的学习，让自己变得强大才能更好地保护孩子。非常感谢刘老的耐心解答和治疗，感谢弼臣儿医团队给我的正确引导，让我不再焦虑和迷茫，让孩子恢复健康！

六、有些弯路，方可致命

我今年 37 岁，有一个 14 岁的女儿，生活在省会城市——武汉，一直认为人生就是一个不断接受挫折不断奋力奔跑的过程，然后在风雨洗礼之后成为自己想成为的人，过自己想过的生活。然，我的前二十几年都过得光鲜而美好！但被生活吞噬，无法掌控生活节奏的感觉是从生了女儿开始，在不到两岁的时候，女儿在一次肺炎发烧康复后，有不经意地点头症状，观察了两天之后，到武汉同济医院就诊，三个专家均诊断为婴儿痉挛症，在家哭了几天后的我内心还是不能接受，托人找了一个退了休的老医生给孩子看，说孩子可能生病营养没跟上，过几天就好了。全家欢呼雀跃，三天之后症状消失。没有人能意识到，或许这就是最初的信号，但被我们自以为是的侥幸和开心轻易地划过了。

女儿上了幼儿园，不太会和小孩子们玩，不太能听指令，上培优班时在位置上坐不住，但孩子聪明，记忆力超好，我们都以为孩子多动，没有太多关注。孩子上了小学一年级，一次感冒之后不停地干咳，医生说不是炎症引起的，随后去了武汉同济医院被诊断为抽动症，开了羚羊角胶囊、硫必利，吃了后干咳很快就好了。但在这之后出现了睡前喉咙"吭吭"的问题，"吭"很久才能入睡，特别是冬天，孩子的秋衣快入睡时都会被汗湿。这种状况一直持续到四年级下学期，"吭吭"的症状自己就消失了。中间断断续续吃西药、中药，时好时坏，也就是一年级到四年级我们一直都在纠结孩子入睡前这个问题，没有其他动作。四年级下学期出现了走路往上伸胳膊的新动作，并喜欢走来走去，医生说忽略症状，到了青春期就会自愈了，我们一直这样侥幸的过日子，等姑娘到青春期，等抽动症康复。五年级上学期开学，孩子出现了吐口水的现象，不停地吐。没办法上课，医生也不知道是什么原因，无奈中我开始带孩子去上海就诊，当时去了两家医院看特需门诊，医生建议不吃西药，玩两天就好了，压力大了。随后三天，症状消失。之后两年很平静，无波无澜，成绩提高，懂事美好，各种培优班全都按部就班进行。总的来说孩子小学期间一直存在注意力不集中、不能很好地和同学们交流的问题，但比较乖，不惹事。小学也顺利毕业了。

　　就在离女儿青春期越来越近的日子，就在我们认为女儿抽动症马上就要好了的时候，女儿的情绪崩溃了。2019年暑假，小升初，大概是由于学习压力太大，同时我也不停地给她提要求施压，她开始发脾气、哭、喊，打头，以为是小叛逆，没有觉得是生病了，我对她一如既往的严厉。初一开学一个月后，在学校听写不动笔，推桌子，扔电话手表，喊叫，打头。带她看心理医生，医生说不是心理问题，建议到精神卫生中心去做个检查。去武汉精神卫生中心后，诊断为双向情感障碍，开了安律凡每日半颗，回来吃后没有效果，情绪更烦了。我就把安律凡停了，去省人民医院找了一个精神科专家，说孩子双向情感障碍、智力发育迟缓，开了一堆药品，我总觉得不对，又找了一个有口皆碑的主任专家给我们看，直接就以双向情感障碍把我们收住院了。当时用了奥氮平和德巴金，孩子每天二十四小时就要睡二十个小时，吃了二十天药胖了十斤。想着能好，我们也就默默地坚持。每天在网上搜双向情感障碍相关的文章，在绝望中挣扎。住院二十天，还打了一次安定，主要是因为孩子发脾气。出院一周后，无打头喊叫症状，但发胖严重，把奥氮平换成了思瑞康，吃了一个月后，又开始打头，再次入院，这回找的是省里看青少年精神疾病的权威专家。入院期间服用药物换成了治疗癫痫的奥卡西平和阿立吡唑，二十天后因为过年，出院。接着疫情，不能出门，一直在家里挨到五月份，孩子状态一直不好，喊叫、打头，并且两年没有的清嗓子、"吭吭"症状又出现了，还有手指抽、嘴角抽，疫情期间一直通过电话与医生沟通，我给医生反馈说孩子吃药后抽动加重，感觉药不对，医生不认可我的说法。最后又建议我们入院，这次入院换了大剂量的精神类药物，孩子喊得更严重了，眼神呆滞，每天打安定。入院二十天后，我强烈建议医院进行专家会诊，最后结论是误诊，不是双向情感障碍。建议我们去南京脑科医院找专家就诊，去了以后说是青春期情绪激惹，继续吃药，但药量减半。我说孩子不能吃阿立哌唑，吃了抽动严重，医生同样不认可我的说法。去了两次南京之后，孩子出现了秽语，我内心极度焦躁，治疗了八个月，孩子越来越严重，越来越胖。精神类药物又不敢随便停药减药，度日如年。我在网上各种百度，这回百度的方向改为"抽动症的儿童能不能吃阿立哌唑"，搜了几天，搜到了上海龙华医院张医生的一篇文章，支持了我的说法。后来就找上海的战友帮我挂号，2020 年 9 月我们开始在上海进行一个月一次的面诊，由于孩子喊叫，我们一个月一次自驾去上海。治疗期间，停西药吃中药，外加每天 12 颗阿法骨化醇，前三个月有好转，第四个月感觉状态下降得很快，外加医生态度不友好，说我们研究她的处方。失望之余，又开始看贴吧，各种百度，看网友留言，看到有人说刘昌艺大夫这里治疗抽动症有半个世纪的临床经验，内心已经很脆弱的我们，纠结着去尝试。当时想着吃一个月，行就继续吃，不行就停药。

到刘老这里就诊时，症状为喊叫、打头、强迫、自言自语、重复语言、莫名其妙的笑、原地蹦、烦躁，目前女儿已经吃了五十天的药，虽离治愈还有距离，但已在逐渐好转。吃完一个月的时候，喊叫打头基本没有了，过了年近三天未出现自言自语和秽语现象，也很少烦躁。女儿很懂事，经常问，"妈妈你带我是不是特别的累……"因为这个病，原本就很坚韧的我又镶了一层金边，看着女儿小小的生命在努力地承受、忍受那些我没有经历过的痛苦，无比的难过！生活远比我想象的更加残酷，即使我一直乐观，即使我一直勇于面对。我曾给这边的助理说过这么多年，我一直努力奔跑，却无限茫然，没有方向。有时抬头看看天上无限明媚的阳光，心生感慨——生活虽然看起来美好，但因为女儿生病，我已经很久无法发自内心地去笑了。

　　我相信我的经历不是个案，曾经在最痛苦最无助的求医过程中，我的内心一直有一个声音，等姑娘的病好了，我就去我们省人民医院给我姑娘治疗过的医生那里进行反馈，希望更多的小孩子和家长们不要再经历这样弯路、这样的无助、这样的痛苦。我从小在草原上长大，部队历练多年，家族中的人皆是身体康健，对于后天疾病给生活带来的影响和对疾病的认识，想法还是太过于浅薄，从来没有想过在我身上会发生什么可以颠覆生活节奏的疾病，而且与精神类有关。

　　一直认为做自己能做的，就可以了。现在想想远远不够，反思自己行至今日的求医经历，真心觉得自己视野不够，侥幸过多。虽然不曾放弃，也横冲直撞地失去了太多……。女儿今年 14 岁，本应是走在大街上都该如阳光一般的年纪，却饱受了各种折磨。

　　关于生命，自此有了太多的敬畏；关于未来，只期望普通平凡。是的，普通平凡就足够了！希望一切快快好起来，早日回到无比奢侈的正轨生活。

　　不曾谋面的你们或是他们，但愿我们都能过着日复一日，闲来看花赏月、八卦数羊的常态生活。

2021 年 2 月 22 日

武汉